XISELA LÓPEZ

Jemand wie Du

© Xisela López

Xisela López wurde 1979 in La Coruña, Spanien, geboren. Sie ist Kreativchefin bei einer der renommiertesten Werbeagenturen ihres Heimatlandes. «Jemand wie Du» ist ihr erster Roman.

Das Manuskript zu diesem Roman war eigentlich gar nicht zur Veröffentlichung bestimmt. Es lag jahrelang bei der Autorin in der Schublade und wurde dort von ihrem Freund entdeckt. Zu Xiselas Geburtstag ließ er eine Kleinstauflage drucken und in ihrer Lieblingsbuchhandlung in Madrid auslegen. Dort fand der Lektor eines großen spanischen Verlages «Jemand wie Du».

XISELA LÓPEZ

Jemand wie Du

ROMAN

Aus dem Spanischen
von Friederike Ney

Kindler

Die Originalausgabe erschien 2014
unter dem Titel «Volverán las naranjas»
bei Espasa Libros, Barcelona.

Zitat auf S. 76 aus: Julio Cortázar: «Rayuela. Himmel und Hölle». Aus dem Spanischen von Fritz Rudolf Fries, Suhrkamp, 2014 (1981).

1. Auflage Mai 2015

Redaktion Johanna Schwering
Einbandgestaltung any.way Barbara Hanke/Cordula Schmidt
Einbandabbildung Ruth Botzenhardt

Satz DTL Dorian PostScript, PageOne, bei
Dörlemann Satz, Lemförde
Druck und Bindung CPI books GmbH,
Leck, Germany
ISBN 978 3 463 40459 2

Für dich, für ihn. Für Juan.

618 88 48 25
Schatz, gerade haben wir an der Tankstelle gehalten. Ich sitze im Auto und sehe dich an der Kasse stehen. Du lächelst den Tankwart an und kräuselst dabei die Nase, wie du es immer tust, und du siehst zauberhaft aus.

Du hast recht, wenn wir unterwegs sind, sehe ich dich mit ganz anderen Augen. Ich weiß, ab Sonntagabend beginnt für uns wieder der Alltag – zurück aufs Sofa, zur Einbauküche und zum wöchentlichen Kinoabend im Renoir –, aber ich weiß auch, dass wir es gemeinsam schaffen können, die Routine zu durchbrechen …

Ich werde mich für dich verkleiden, als Cowboy, als Butler oder als Napoleon, nur um dich vor dem Einschlafen noch einmal lächeln zu sehen. Ich mache dir wieder frisch gepressten Orangensaft, aber nur manchmal, sonst gewöhnst du dich am Ende noch zu sehr daran.

Ich kann alles für dich sein – der Unbekannte, der Sensible, der Macho. In tausend Männer kann ich mich verwandeln, und dann, eines Tages, wirst du herausfinden, welcher davon der Mensch deines Lebens ist.

Ein Kuss an deinen Kuss!
Empfangen: 06.06.2008, 18:16:59

So hat alles angefangen, mit dieser ungelesenen SMS auf dem Display eines Handys. Zu der Zeit gab es noch kein Whatsapp, die Wörter waren noch kostbar, und man dachte nach, bevor man auf «senden» drückte. Na ja, genauer gesagt hat alles während meiner Nachtschicht zum 7. Juni 2008 angefangen. Das Handy wurde mir in einem Zip-Beutel übergeben, zusammen mit dem Protokoll eines Unfalls, der sich auf der A6 ereignet hatte, am Ende des Autobahntunnels bei Kilometer 456, an der Ausfahrt Becerrea/Cereixal. Das Paar in dem schwarzen Ford Focus war sofort tot gewesen, die Insassen der beiden anderen beteiligten Autos hatten leichte Verletzungen und Knochenbrüche erlitten. Unfallursache: ungeklärt. Offenbar war der Fahrer des Fords aus irgendeinem Grund von der Fahrbahn abgekommen.

Ich nahm das Handy aus dem Beutel und blickte auf das Display. *Eine ungelesene Nachricht*. Augenblicklich stieg eine diffuse Panik in mir auf. In dem Protokoll stand zwar, die Familie sei bereits unterrichtet worden, aber vielleicht gab es jemanden, der noch nicht Bescheid wusste, und mir würde nun die schreckliche Aufgabe zukommen, einen Freund oder Angehörigen zu informieren. In meinem Kopf hörte ich die Stimme meiner Mutter: *Alex, du bist zu sensibel. Warum wirst du nicht Schriftstellerin oder Friseurin geworden? Das würde viel besser zu dir passen.*

Vielleicht hatte meine Mutter sogar recht. Aber seit ich an einem Abend vor vielen Jahren im Fernsehen *Mord ist ihr Hobby* gesehen hatte, wusste ich, dass ich Polizistin werden und Kriminalfälle lösen wollte. Alle haben damit gerechnet, dass ich mir diese Idee früher oder später wieder aus dem Kopf schlagen würde, aber das war nicht der Fall, und so bin ich heute mit 28 Jahren die jüngste Polizistin von Lugo, Abteilung Verkehrsdienst. Wobei das Aufnehmen von Verkehrsdelikten, wie sich jeder denken kann, leider nicht ganz so aufregend ist wie die Ermittlungen von Jessica Fletcher. Vielleicht habe ich deshalb in der besagten Nacht getan, was ich getan habe.

Ich starrte noch immer auf das Display und spürte diesen vertrauten Schauer, der mich immer überkommt, wenn ich einen persönlichen Gegenstand in den Händen halte, der einmal jemandem gehört hat und der sein Eigenleben ungerührt fortführt, obwohl der Eigentümer längst gestorben ist.

Ich seufzte und kontrollierte den SMS-Eingang. Ich musste sowieso einen Unfallbericht für die Akten schreiben, und vielleicht war der Fahrer ja abgelenkt worden, weil er eine Nachricht geschrieben oder telefoniert hatte. Die SMS war um 18:16 Uhr eingegangen. Den Zeugenaussagen zufolge hatte sich der Unfall um 19:48 Uhr ereignet.

Keine aus- oder eingehenden Anrufe oder Kurzmitteilungen 15 Minuten vor oder nach dem Unfall notierte ich am linken Rand des Protokolls. Schließlich rief ich die ungelesene SMS auf, möglicherweise lieferte sie ja Hinweise auf den Geisteszustand des Fahrers.

618 88 48 25

Schatz, gerade haben wir an der Tankstelle gehalten. Ich sitze im Auto und sehe dich an der Kasse stehen. Du lächelst den Tankwart an und kräuselst dabei die Nase, wie du es immer tust, und du siehst zauberhaft aus.

Du hast recht, wenn wir unterwegs sind, sehe ich dich mit ganz anderen Augen. Ich weiß, ab Sonntagabend beginnt für uns wieder der Alltag – zurück aufs Sofa, zur Einbauküche und zum wöchentlichen Kinoabend im Renoir –, aber ich weiß auch, dass wir es gemeinsam schaffen können, die Routine zu durchbrechen …

Ich werde mich für dich verkleiden, als Cowboy, als Butler oder als Napoleon, nur um dich vor dem Einschlafen noch einmal lächeln zu sehen. Ich mache dir wieder frisch gepressten Orangensaft, aber nur manchmal, sonst gewöhnst du dich am Ende noch zu sehr daran.

Ich kann alles für dich sein – der Unbekannte, der Sensible, der Macho. In tausend Männer kann ich mich verwandeln, und dann, eines Tages, wirst du herausfinden, welcher davon der Mensch deines Lebens ist.

Ein Kuss an deinen Kuss!

Empfangen: 06. 06. 2008, 18:16:59

Im Leben von Fremden herumzuwühlen, bereitet mir immer Bauchschmerzen, aber beim Lesen dieser Nachricht kam ich mir regelrecht vor wie ein Eindringling. Doch zugleich berührte mich die rätselhafte SMS. Das Schicksal hatte es so gewollt, dass diese persönlichen Worte die letzte Botschaft an das

Unfallopfer waren. Es hätte ja auch *Ruf mal zurück* dort stehen können. Aber so war es nicht.

Ich klickte mich durch den SMS-Ordner des Nokia 2630. Insgesamt 684 SMS, die zwischen zwei Nummern hin- und hergesendet worden waren: *618 88 48 25* und *Elisa*. Warum speicherte jemand fast 700 Nachrichten? Noch dazu von einer einzigen Nummer? Wahllos las ich eine Handvoll Nachrichten durch.

618 88 48 25
Die Welt ist ein seltsamer Ort, Kleines.
Empfangen: 16.04.2008, 14:37:46

Elisa
Ich verliere langsam die Lust an dem Spiel. Vielleicht sollte ich einfach abhauen und mit dir am einarmigen Banditen zocken …
Gesendet: 29.03.2008, 22:27:38

618 88 48 25
Aber dir ist schon klar, dass man gegen die Automaten am Ende immer verliert, oder?
Empfangen: 29.03.2008, 22:30:01

Elisa
☺ Doch, doch. Ich komme mir schon vor wie eines dieser vergessenen Regale in der Videothek, in dem die Filmklassiker stehen. Niemand leiht sie aus, weil alle wissen, dass sie sowieso immer da sein werden. Der richtige Moment, sie sich anzusehen, kommt nie, und am Ende nimmt man doch wieder den neuesten Blockbuster mit nach Hause …
Gesendet: 29.03.2008, 22:40:04

618 88 48 25

Also, ich würde mir heute Abend liebend gern einen alten Streifen mit dir ansehen …

Empfangen: 29. 03. 2008, 22:42:26

Elisa

Heute hast du mir gar keine SMS geschickt. Die Sache schläft wohl langsam ein.

Gesendet: 22. 04. 2008, 20:57:27

618 88 48 25

Das sagt die Richtige …

Empfangen: 22. 04. 2008, 20:59:01

Jetzt gab es kein Zurück mehr. Was ich gelesen hatte, war so faszinierend, dass ich einfach alles über die Geschichte hinter diesen SMS erfahren musste. Jede einzelne wollte ich lesen, und nichts auf der Welt würde mich davon abhalten.

In 90 Prozent der Fälle meldet sich niemand, um auf die beschlagnahmten Habseligkeiten der Toten Anspruch zu erheben. Also würde es höchstwahrscheinlich keine Menschenseele erfahren, wenn ich mir die Nachrichten genauer ansah, und bis zum Ende der Schicht lagen noch lange sieben Stunden und sechzehn Minuten vor mir. Außer mir hatten nur Pepe und Álvaro Nachtdienst, beide Mitte vierzig und ausgewiesene Experten auf zwei Gebieten: Beamtenrecht und Fußball.

Ich ging folgendermaßen vor: Ich gab Pepe Bescheid, dass ich die ruhigen Nachtstunden nutzen wollte, um unsere Akten zu digitalisieren und sie auf dem PC zu katalogisieren. Das war tatsächlich eine

Anordnung von oben, aber bisher hatten wir nie die Zeit dazu gefunden. Meine Kollegen rissen zwei Minuten lang Witze über die Tücken der modernen Technik, dann ließen sie mich in Ruhe, und ich zog mich in die Kammer zurück, in der die Akten lagerten. Gott sei Dank war Álvaro mit den Gedanken sowieso woanders, sein kleiner Sohn lag zu Hause mit leichtem Fieber im Bett, und er rechnete jede Minute mit dem Anruf seiner Frau, damit er die beiden in die Notaufnahme fuhr. Pepe wiederum hatte sich offenbar bereits damit abgefunden, dass in dieser Nacht nicht viel los war, und das Radio eingeschaltet, um sich die Berichterstattung über die Spiele des Vortags anzuhören.

In der Kammer türmte ich auf dem Schreibtisch einen Berg Akten auf, öffnete auf dem Computer das Formular, mit dem wir unsere Ermittlungsakten digitalisierten und schrieb ein paar Details in die auszufüllenden Felder, falls einer der Jungs ins Zimmer kommen sollte. Dann verband ich das Handy mit dem Computer und lud die SMS in einen eigens angelegten Ordner auf den PC. Ich sortierte alle gesendeten und empfangenen Nachrichten paarweise chronologisch, damit ich sie später problemlos in der richtigen Reihenfolge würde lesen können.

Als ich endlich fertig war, konnte ich schon an nichts anderes mehr denken als an die Geschichte von *Elisa* und *618884825*. Jetzt musste ich nur noch sicherstellen, dass ich die nächsten Stunden nicht gestört wurde.

Ich verließ das Büro, um mir einen Kaffee zu holen. Álvaro war tatsächlich aufgebrochen, um seinen Sohn in die Notaufnahme zu bringen, «alles halb so wild, aber du weißt ja, wie seine Frau tickt», sagte Pepe und bot an, mir bei den Akten zur Hand zu gehen. Ich lehnte dankend ab, leistete ihm aber anstandshalber geschlagene sieben Minuten Gesellschaft, während derer er sich mit vollem Eifer seiner ewigen Mission widmete: der in Sportfragen ahnungslosen Frau die Welt des Fußballs näherzubringen.

«Aber sag mal, Pepe, wenn man in der Zeitlupe sieht, dass der Schiedsrichter sich definitiv geirrt hat, wieso ist der Elfmeter dann trotzdem zulässig? Das ist doch unfair», sagte ich.

«Meine Güte, Alex, ihr Frauen werdet die wahre Bedeutung des Spiels niemals begreifen. Mal sehen, wie kann ich es erklären, damit du es kapierst … bla bla bla.»

«Na ja, okay, aber trotzdem – gerechter wäre es doch, wenn … bla bla bla.»

«Das Problem ist, dass ihr nicht versteht, dass es beim Fußball um weitaus mehr geht als … bla bla bla.»

«Tja, vielleicht hast du recht. Hör mal, ich geh wieder an die Akten. Wenn irgendwas sein sollte, sag einfach Bescheid, ja?»

Ich konnte es kaum erwarten, zurück an den Computer zu kommen. Die paar Minuten waren mir vorgekommen wie Stunden. Ich setzte mich vor den Monitor. Fast 700 SMS warteten auf mich, fein säuberlich aufgelistet und chronologisch geordnet. *Nokia 2630, drucken. Datei drucken? Ok.*

Hundert Seiten, ein kaum zu bewältigender Kraftakt für den alten Drucker. Seite um Seite quälte sich aus dem Ausgangsfach, und sobald ich die Ecke eines

Blattes zu fassen bekam, zog ich es behutsam heraus, wie eine Hebamme, die einem Kind auf die Welt hilft. Ungeduldig wartete ich vor dem Drucker, der nach einer halben Ewigkeit endlich die letzte Seite ausgespuckt hatte. Nun, da die Fleißarbeit getan war, erwartete mich meine Belohnung: 684 SMS, ausgetauscht zwischen einer gewissen Elisa und einem gewissen 618 88 48 25.

1. KAPITEL

618 88 48 25

Verdammt, ich bin eine Katastrophe! Komme zwanzig Minuten zu spät. Nicht böse sein!

Empfangen: 26. 03. 2008, 15:16:42

Elisa

Eine Vollkatastrophe, würde ich sagen. Du kommst nicht nur zu spät, du hast auch noch die falsche Nummer erwischt …

Gesendet: 26. 03. 2008, 15:19:02

618 88 48 25

Tja, Vollkatastrophe trifft es wohl ganz gut. Ich hab einen Wahnsinnshunger, und meine Verabredung hat nicht auf mich gewartet …

Empfangen: 26. 03. 2008, 16:05:14

Elisa

Falls es dich tröstet: Du bist nicht die Einzige, die heute allein essen musste …

Gesendet: 26. 03. 2008, 16:08:18

618 88 48 25

Jetzt stürzt du mich aber in eine Identitätskrise. Zu deiner Information: Ich bin ein Mann. Ein sehr männlicher Mann sogar. Und übrigens nicht gerade unattraktiv.

Empfangen: 26. 03. 2008, 16:09:24

Elisa

Ah, jetzt verstehe ich! Kein Wunder, dass deine Verabredung dich versetzt hat. Bei so einem eingebildeten Typen wie dir wäre mir auch der Appetit vergangen …

Gesendet: 26.03.2008, 16:12:45

618 88 48 25

Vollkatastrophe, eingebildet … dafür, dass du mich überhaupt nicht kennst, haust du ganz schön was raus, findest du nicht?

Empfangen: 26.03.2008, 16:13:53

Elisa

Sorry, aber da hast du mir gerade eine Steilvorlage geliefert und es mir verdammt einfach gemacht …

Gesendet: 26.03.2008, 16:14:28

618 88 48 25

Und jetzt bin ich auch noch einfach gestrickt … wie grausam!

Empfangen: 26.03.2008, 16:16:32

Elisa

Ach, du Ärmster! Dann gönne ich dir mal eine kleine Pause. Ich schätze, das war genug Seelenpein für heute. Nicht, dass dein Selbstbewusstsein am Ende noch drunter leidet.

Gesendet: 26.03.2008, 16:18:19

618 88 48 25

Seelenpein??? Lass mich raten: Studentin der Linguistik, Fachgebiet: Alte Wörter, die kein normaler Mensch mehr in den Mund nimmt, stimmt's?

Empfangen: 26.03.2008, 16:21:16

Elisa

Netter Versuch, mehr über mich zu erfahren …

Gesendet: 26.03.2008, 16:22:48

618 88 48 25

Wer von uns beiden war noch mal eingebildet?

Empfangen: 26.03.2008, 16:25:51

Elisa

☺ Keine Sorge. Auf diesem Gebiet bist du konkurrenzlos.

Gesendet: 26.03.2008, 16:28:32

618 88 48 25

Endlich erkennst du meine Vorzüge!

Empfangen: 26.03.2008, 16:31:14

Elisa

Du bist unverbesserlich. Ich verzeih dir nur, weil du mich heute so schön abgelenkt hast.

Gesendet: 26.03.2008, 16:43:18

618 88 48 25

Ist das Linguistikseminar so langweilig?

Empfangen: 26.03.2008, 16:44:16

Elisa

Zu deiner Information: Ich arbeite im Supermarkt, an der Fischtheke.

Gesendet: 26.03.2008, 16:52:27

618 88 48 25

Wahnsinn! In Gummistiefeln und Kampfhandschuhen zur Arbeit gehen, davon hab ich als kleiner Junge geträumt!

Empfangen: 26.03.2008, 16:55:54

Elisa

Sehr witzig. In Wahrheit bin ich Marketingassistentin bei einer Software-Firma. Na, was fällt dir dazu ein?

Gesendet: 26.03.2008, 16:57:28

618 88 48 25

Hm, schwierig, aber lass mich raten: Weiblich, Anfang dreißig, attraktiv, nur ein bisschen affektiert, Stadtmensch und Workaholic, durchschnittlicher Bildungsstand, durchschnittliches Einkommen …

Empfangen: 26.03.2008, 16:59:17

Elisa

Knapp daneben, aber ich schreib mir das gleich mal auf, kann ich gut für meine Power-Point-Präsentation gebrauchen, um den Durchschnitts-User unserer Software zu beschreiben.

Gesendet: 26.03.2008, 17:18:15

618 88 48 25

Okay, zweiter Versuch: Single, verreist zwei Mal im Jahr mit ihren Freundinnen, bevorzugt exotische Reiseziele, geht gern ins Kino, um sich das aufregende Leben anzuschauen, das sie selbst nicht führt, liest gerade den neuesten Roman von Paul Auster …

Empfangen: 26. 03. 2008, 17:25:14

Elisa

Verheiratet, macht gern Ausflüge aufs Land mit ihrem Ehemann, liebt amerikanische Filmklassiker und liest gern Ratgeber. Enttäuscht?

Gesendet: 26. 03. 2008, 17:33:38

618 88 48 25

Und was sagt dein Ehemann dazu, dass du einem anderen Mann SMS schreibst? Ich an seiner Stelle wäre nicht gerade begeistert.

Empfangen: 26. 03. 2008, 17:59:47

Elisa

Erst recht nicht, wenn es sich um einen so hochgradig attraktiven und männlichen Kerl wie dich handelt, mit großer Klappe und noch größerem Selbstbewusstsein …

Gesendet: 26. 03. 2008, 18:02:31

2. KAPITEL

Elisa

Na, musst du deine Mittagspause heute wieder allein verbringen?

Gesendet: 27. 03. 2008, 15:03:25

618 88 48 25

Leider! Du auch?

Empfangen: 27. 03. 2008, 15:05:57

Elisa

Ja, dabei *hasse* ich es, allein zu essen …

Gesendet: 27. 03. 2008, 15:07:24

618 88 48 25

Das kann ich unmöglich zulassen! Wie wär's mit einem Glas Wein zum Essen?

Empfangen: 27. 03. 2008, 15:09:16

Elisa

Oh ja, gern, danke. Ich reiche dir mal das Brot rüber.

Gesendet: 27. 03. 2008, 15:10:21

618 88 48 25

Danke. Also, erzähl mal, wie war dein Tag bisher?

Empfangen: 27. 03. 2008, 15:11:59

Elisa

Ganz okay. Ich bin gerade mit einer Power-Point-Präsentation zugange und genervt von meinem Kollegen Fernando. Ein Streber, wie er im Buche steht …

Gesendet: 27.03.2008, 15:12:45

618 88 48 25

Wenn du jemanden brauchst, der diesem Fernando die Hammelbeine langzieht, sag Bescheid. Ein männlicher und attraktiver Kerl ist allzeit bereit …

Empfangen: 27.03.2008, 15:14:32

Elisa

☺ Gute Idee! Wir ziehen ihm die Hammelbeine lang, und dann rennen wir schnell weg. Gibst du mir mal das Salz?

Gesendet: 27.03.2008, 15:15:06

618 88 48 25

Hier, bitte. Die Bluse steht dir übrigens fantastisch, hab ich das schon erwähnt?

Empfangen: 27.03.2008, 15:15:49

Elisa

Ich muss doch sehr bitten! ☺
Du bist offenbar nicht ganz bei der Sache. Außerdem trage ich einen Rollkragenpullover.

Gesendet: 27.03.2008, 15:16:45

618 88 48 25

Ich bitte vielmals um Verzeihung. Wo bin ich bloß mit meinen Gedanken …

Empfangen: 27.03.2008, 15:19:02

Elisa

Wirklich hervorragend, dieses Rinderfilet an Kürbisschaum!

Gesendet: 27.03.2008, 15:23:15

618 88 48 25

Haha, genau. Aber meine iberische Phantasie aus dreierlei Köstlichkeiten mit Karamellkruste ist auch nicht schlecht.

Empfangen: 27.03.2008, 15:27:01

Elisa

☺ Und bei dir, wie läuft's mit der Arbeit?

Gesendet: 27.03.2008, 15:28:25

618 88 48 25

Ein Tag wie jeder andere:
Computer, Zahlen, Telefon …

Empfangen: 27.03.2008, 15:29:47

Elisa

Was machst du noch gleich beruflich?

Gesendet: 27.03.2008, 15:33:23

618 88 48 25

Eine Firma wie jede andere,
ein Büro wie jedes andere …

Empfangen: 27.03.2008, 15:35:07

Elisa
Und wo wohnst du? Noch etwas Wein gefällig?
Gesendet: 27.03.2008, 15:36:55

618 88 48 25
Aber gern. Madrid. Und du?
Empfangen: 27.03.2008, 15:39:17

Elisa
Ich auch! Direkt im Zentrum.
Gesendet: 27.03.2008, 15:41:34

618 88 48 25
Arbeitest du in der Stadt oder außerhalb? Verbringst du deine Mittagspause immer allein? Magst du lieber Wein oder Bier? Welche Musik hörst du gern?
Empfangen: 27.03.2008, 15:44:29

Elisa
Außerhalb. Ich bin doch gar nicht allein, ich esse mit dir! Süchtig nach Coca-Cola und Musik aus den 50ern und 60ern.
Gesendet: 27.03.2008, 15:46:46

618 88 48 25
Du scheinst wirklich alles andere als eine Durchschnittsfrau zu sein. Lust auf Nachtisch oder einen Espresso?
Empfangen: 27.03.2008, 15:51:09

Elisa

Oh ja, frag mal nach, ob es Schokoladenkuchen gibt.

Gesendet: 27.03.2008, 15:53:23

618 88 48 25

Also, da bin ich wieder. Schokoladenkuchen ist aus, aber sie hätten noch «Trilogie von der Ananas an Vanille-Tau» da.

Empfangen: 27.03.2008, 15:59:08

Elisa

Hahaha. Danke, nein. Dann doch lieber einen Espresso. Oh, Entschuldigung, vielleicht wäre es angebracht, dich zu siezen?

Gesendet: 27.03.2008, 16:03:29

618 88 48 25

Netter Versuch, mein Alter herauszufinden. Kannst mich aber auch gern direkt fragen. Ein so männlicher Kerl wie ich muss sich seiner 34 Jahre nicht schämen.

Empfangen: 27.03.2008, 16:06:07

Elisa

Ich sag's ja, du bist unverbesserlich …
Die Rechnung geht auf mich!

Gesendet: 27.03.2008, 16:07:55

618 88 48 25

Kommt nicht in Frage. Mittlerweile müsstest du doch wissen, dass ich gern einen auf Macho mache …

Empfangen: 27.03.2008, 16:09:43

Elisa

Na gut. Aber morgen bin ich dran.
Gleiche Zeit, gleicher Ort?

Gesendet: 27.03.2008, 16:13:12

618 88 48 25

Abgemacht. Hab einen schönen Tag und lass dich von Hammelbein-Fernando nicht unterkriegen.

Empfangen: 27.03.2008, 16:14:51

Elisa

☺

Gesendet: 27.03.2008, 16:15:21

3. KAPITEL

618 88 48 25

Guten Tag, die Dame, ist hier noch frei?

Empfangen: 28.03.2008, 14:34:11

Elisa

Selbstverständlich, ich habe Sie schon erwartet …

Gesendet: 28.03.2008, 14:35:32

618 88 48 25

Darf ich dich was fragen?

Empfangen: 28.03.2008, 14:36:21

Elisa

Kannst es ja mal versuchen …

Gesendet: 28.03.2008, 14:37:09

618 88 48 25

Was bist du für ein Typ? So generell.

Empfangen: 28.03.2008, 14:38:00

Elisa

Äußerlich?

Gesendet: 28.03.2008, 14:38:31

618 88 48 25

Fangen wir mit dem Äußeren an,
das ist am einfachsten.

Empfangen: 28.03.2008, 14:42:45

Elisa

1,67 m groß, dunkelbraune Haare mit Strähnchen, Farbton «Herbstsymphonie», 54 kg, durchschnittlich attraktiv. Und du?

Gesendet: 28. 03. 2008, 14:54:21

618 88 48 25

1,81 m, braunes Haar mit grauen Strähnchen, Farbton «Herbstdepression», 78 kg, durchschnittlich unattraktiv. Nachtisch?

Empfangen: 28. 03. 2008, 14:57:34

Elisa

Du bist unattraktiv *und* eingebildet? Dann bist du wirklich ein hoffnungsloser Fall … Möchtest du mal kosten? «Variation von der Ananas an Vanille-Tau».

Gesendet: 28. 03. 2008, 15:00:11

618 88 48 25

Hmm, «notgeil» fehlt noch auf der Liste deiner Beschimpfungen …

Empfangen: 28. 03. 2008, 15:02:01

618 88 48 25

Hey, das war ein Witz. Das mit dem unattraktiv, meine ich.

Empfangen: 28. 03. 2008, 15:06:38

Elisa

Wenn du so ein toller Typ bist, wie kommt es dann, dass du niemanden zum SMS schreiben hast und dich der erstbesten Unbekannten an den Hals wirfst, die dir antwortet?

Gesendet: 28.03.2008, 15:09:27

618 88 48 25

Und selbst? Wie kommt es, dass du sehr wohl jemanden zum SMS schreiben hättest, es aber mit einem Unbekannten tust?

Empfangen: 28.03.2008, 15:10:51

Elisa

Das war keine Antwort auf meine Frage.

Gesendet: 28.03.2008, 15:11:42

618 88 48 25

Soll ich dir die Wahrheit sagen? Ich glaube, dass ich an den Menschen, die ich kenne, nichts Neues mehr entdecken kann … Hilfe, keinen Wein mehr für mich, ich fang schon an, Blödsinn zu reden.

Empfangen: 28.03.2008, 15:14:17

Elisa

Ich finde das überhaupt nicht blödsinnig. Mir geht's ganz genauso. Irgendwann ist man an dem Punkt, wo einen nichts mehr überraschen kann, alles fühlt sich festgefahren an, als gäbe es keinen Weg zurück mehr. War das jetzt zu viel Drama?

Gesendet: 28.03.2008, 15:18:36

618 88 48 25

Kein Stück! Ich weiß genau, was du meinst. Ein Leben ohne Überraschungen ist das Schlimmste, was einem passieren kann. Das und in einem Café zu landen, wo du am Tresen deinen Namen sagen musst, um einen Kaffee zu bekommen!

Empfangen: 28.03.2008, 15:21:49

Elisa

Ha! Bist du auch gerade bei Starbucks??? Ich kann den Laden nicht ausstehen, und trotzdem komme ich immer wieder her, um ein Puten-Sandwich zu essen. Mal sehen, ob ich dich irgendwo entdecke … Mist, ich muss los, hab gleich ein Meeting.

Gesendet: 28.03.2008, 15:24:20

618 88 48 25

Schon gut, ich übernehme die Rechnung. Mal wieder …

Empfangen: 28.03.2008, 15:28:31

Elisa

☺ Schönen Tag noch!

Gesendet: 28.03.2008, 15:29:18

4. KAPITEL

Elisa

Hey. Ich weiß schon, die Mittagspause ist längst vorbei, aber ich habe sonst niemanden, mit dem ich reden könnte … Ich hatte gerade einen furchtbaren Streit mit meinem Mann, und mir ist nicht danach, eine Freundin anzurufen …

Gesendet: 29. 03. 2008, 21:54:05

618 88 48 25

Kein Problem. Worum ging's denn?

Empfangen: 29. 03. 2008, 21:56:26

Elisa

Das Auto, das Abendessen, was weiß ich. Er ist einfach nicht in der Lage, mir zuzuhören, er hat seine Meinung, und für eine andere ist bei ihm kein Platz. Entschuldige, ich weiß wirklich nicht, warum ich einen Fremden mit Problemen aus meinem langweiligen Leben nerve.

Gesendet: 29. 03. 2008, 21:58:13

618 88 48 25

Tust du nicht. Warum glaubst du, dein Leben sei langweilig?

Empfangen: 29. 03. 2008, 22:00:01

Elisa

Hast du etwa den Eindruck, an mir sei irgendetwas interessant?

Gesendet: 29.03.2008, 22:03:34

618 88 48 25

Auf jeden Fall! Ich glaube sogar, dass es nicht viele Frauen gibt, die so außergewöhnlich sind wie du.

Empfangen: 29.03.2008, 22:04:51

Elisa

Warum das denn? Ich bin weder besonders klug noch lustig oder ausgeflippt. Ich begreife wirklich nicht, wieso jemand Spaß daran haben sollte, meine SMS zu lesen …

Gesendet: 29.03.2008, 22:05:07

618 88 48 25

Ich glaube, dein Mann macht etwas falsch, wenn dein Selbstbewusstsein derart angeknackst ist.

Empfangen: 29.03.2008, 22:08:18

Elisa

Vielleicht stecken wir einfach in der berühmten Routine-Falle. Am Anfang unserer Beziehung hat er mir jeden Morgen einen frisch gepressten Orangensaft ans Bett gebracht … Seit zwei Jahren hat sich keine Orange mehr in unser Haus verirrt.

Gesendet: 29.03.2008, 22:13:07

618 88 48 25

Du kennst doch den Spruch: «Wenn ein Mann einer Frau die Autotür aufhält, dann ist entweder das Auto neu oder die Frau». Manchmal gibt man sich keine Mühe mehr, den anderen zu erobern, weil man weiß, dass er sowieso Tag und Nacht da ist.

Empfangen: 29.03.2008, 22:16:26

Elisa

Genau. Es ist wie beim Roulette. Es kommt mir vor, als habe er seinen Chip bereits auf eine bestimmte Zahl gesetzt, und damit ist das Spiel für ihn gelaufen. Er geht kein Risiko mehr ein, weder für mich noch für unsere Beziehung. Was ich auch tue, was auch passiert, wohin die Kugel auch rollt: Seinen Einsatz erhöht er nicht.

Gesendet: 29.03.2008, 22:19:19

618 88 48 25

Und du? Erhöhst du deinen Einsatz?

Empfangen: 29.03.2008, 22:24:01

Elisa

Ich verliere langsam die Lust an dem Spiel. Vielleicht sollte ich einfach abhauen und mit dir am einarmigen Banditen zocken …

Gesendet: 29.03.2008, 22:27:38

618 88 48 25

Aber dir ist schon klar, dass man gegen die Automaten am Ende immer verliert, oder?

Empfangen: 29.03.2008, 22:30:01

Elisa
Und wenn schon. Im Moment ist mir eben danach. Beim Roulette ist mir der Einsatz sowieso zu hoch, du kannst entweder alles gewinnen oder alles verlieren. Dazwischen gibt es nichts. Mann, du stellst vielleicht Fragen, du scheinst mich ja tatsächlich interessant zu finden.
Gesendet: 29.03.2008, 22:33:04

Plötzlich steckte Pepe seinen Kopf zur Tür rein und strahlte mich an. Ich schob hastig ein paar Akten über die Seiten und lächelte zurück. Er kam in die Kammer und trat zu mir an den Schreibtisch. In der linken Hand hielt er ein Schlüsselbund, das beim Gehen laut klimperte. Seelenruhig schnaufend ließ er sich auf dem Stuhl gegenüber nieder.

«Also, gerade hat Álvaro angerufen. Dem Jungen geht es bestens, wenn bei irgendjemandem was nicht stimmt, dann bei Álvaros Frau, die aus jeder Mücke einen Elefanten macht. Offenbar hat sie dem Arzt die Hölle heißgemacht, wieso er nicht dies und das noch untersucht hat ... Du weißt ja, wie sehr die Ärzte das lieben.»

Ich blickte ihn an und lächelte tapfer weiter. Leider hatte es nicht den Anschein, als habe Pepe vor, die Kammer in naher Zukunft wieder zu verlassen. Ich brauchte einen Plan, um ihn loszuwerden.

«Meine Schwägerin sagt immer, du weißt ja, sie ist Anästhesistin am La Paz, dass sich durch das Internet heutzutage alle Patienten für Experten der Diagnosestellung halten ... blablabla ...»

Das war nicht auszuhalten. Ich konnte ihn bitten, mir eine Akte aus einem anderen Büro zu besorgen, aber dann würde er auf jeden Fall wiederkommen;

nein, das war keine Option. Also schön, erstens: einsilbig antworten; zweitens: seine Anwesenheit einfach ignorieren; drittens: es *irgendwie* schaffen, dass ich in Ruhe weiterlesen konnte. Aaaaaahhh! Am liebsten hätte ich ihm sein verdammtes Schlüsselbund aus den Händen gerissen und es zum Fenster rausgeworfen. Plötzlich klingelte es an der Tür. Vor Schreck zuckte ich zusammen.

«Das wird Álvaro sein. Bestimmt hat er Frau und Kind zu Hause abgesetzt und kommt zurück ins Büro …», sagte Pepe, während er nach unten ging, um ihn hereinzulassen.

Gott sei Dank, das war Rettung in letzter Sekunde. Anstandshalber gesellte ich mich einige Augenblicke zu den Jungs und heuchelte Interesse an dem überaus ungewöhnlichen Fall eines Kindes mit erhöhter Temperatur. Die Viertelstunde fühlte sich an wie eine halbe Ewigkeit. Dann, endlich, kehrte ich in die Kammer und zu meiner Geschichte zurück. Wo waren wir stehengeblieben? Ah, richtig, hier:

Elisa

Und wenn schon. Im Moment ist mir eben danach. Beim Roulette ist mir der Einsatz sowieso zu hoch, du kannst entweder alles gewinnen oder alles verlieren. Dazwischen gibt es nichts. Mann, du stellst vielleicht Fragen, du scheinst mich ja tatsächlich interessant zu finden.

Gesendet: 29.03.2008, 22:33:04

618 88 48 25

Jemanden wie dich würde jeder Mann interessant finden. Dass man an deiner Seite überhaupt in die Routinefalle tappen kann – unvorstellbar.

Empfangen: 29.03.2008, 22:37:51

Elisa

☺ Doch, doch. Ich komme mir schon vor wie eines dieser vergessenen Regale in der Videothek, in dem die Filmklassiker stehen. Niemand leiht sie aus, weil alle wissen, dass sie sowieso immer da sein werden. Der richtige Moment, sie sich anzusehen, kommt nie, und am Ende nimmt man doch wieder den neuesten Blockbuster mit nach Hause …

Gesendet: 29.03.2008, 22:40:04

618 88 48 25

Also, ich würde mir heute Abend liebend gern einen alten Streifen mit dir ansehen …

Empfangen: 29.03.2008, 22:42:26

Elisa

Gute Nacht, Casanova ☺

Gesendet: 29.03.2008, 22:43:34

618 88 48 25

Schlaf gut!

Empfangen: 29.03.2008, 22:45:25

Elisa

Danke, dass du für mich da bist und mir zuhörst, ohne eine Gegenleistung zu erwarten.

Gesendet: 29.03.2008, 22:48:57

618 88 48 25

Aber die bekomme ich doch. Du gibst mir nämlich viel mehr, als du denkst …

Empfangen: 29.03.2008, 22:49:41

5. KAPITEL

618 88 48 25

Gehen wir was essen?

Empfangen: 31.03.2008, 14:09:31

Elisa

Ich dachte schon, du würdest nie fragen …

Gesendet: 31.03.2008, 14:11:34

618 88 48 25

Worauf hat Madame denn heute Appetit?

Empfangen: 31.03.2008, 14:12:42

Elisa

Lass uns einen kleinen Snack holen! Und dann gehen wir ein bisschen spazieren und reden?

Gesendet: 31.03.2008, 14:14:09

618 88 48 25

Abgemacht. Soll ich uns ein Sandwich kaufen? Was möchtest du drauf haben? Irgendwelche Wünsche im Hinblick auf das Konversationsthema?

Empfangen: 31.03.2008, 14:15:56

Elisa

Schinken-Sandwich mit Tomate. Also, wir könnten uns darüber unterhalten, wie es passieren kann, dass man sich plötzlich nach einem Menschen sehnt, den man nicht kennt und den man nie gesehen hat. Oder aber über die geschmacklichen Eigenarten der Cocktailtomate …

Gesendet: 31.03.2008, 14:16:41

618 88 48 25

Dann lieber Konversationsthema Nummer eins. Auch wenn ich wirklich nicht weiß, was daran so ungewöhnlich sein soll. Schließlich ist es doch mit Gott genauso, oder?

Empfangen: 31.03.2008, 14:20:13

Elisa

Deine Arroganz hat ein Ausmaß erreicht, das ich nicht mal dir zugetraut hätte, Fremder. Jetzt vergleichst du dich schon mit dem Allmächtigen!

Gesendet: 31.03.2008, 14:23:46

618 88 48 25

Es ist aber wirklich das Gleiche. Du kannst mich jeden Moment an deiner Seite spüren, du kannst mit mir reden, wenn dir danach ist, und du könntest an die Vorstellung glauben, dass ich auf dieser Erde bin, um dich zu erlösen.

Empfangen: 31.03.2008, 14:24:57

Elisa

Ähm, wie bist du denn drauf? Falls du mich loswerden willst, brauchst du es nur zu sagen.

Gesendet: 31.03.2008, 14:25:48

618 88 48 25

Auf keinen Fall!!! Vor deiner ersten SMS war mein Leben wahnsinnig langweilig.

Empfangen: 31.03.2008, 14:27:20

Elisa

Meinst du, ich sollte meinem Mann beichten, dass ich eine heimliche SMS-Affäre habe? Ich glaube nicht mal, dass es ihn jucken würde, die Nachrichten, die wir uns schreiben, sind schließlich weder anzüglich noch romantisch. Alles harmlos.

Gesendet: 31.03.2008, 14:28:56

618 88 48 25

Weil *du* es nicht anders willst!

Empfangen: 31.03.2008, 14:30:19

Elisa

☺ Ja, ich bin wohl nicht der Typ für die Femme-fatale-Rolle, und es würde sich falsch anfühlen, sie zu spielen. Für dich nicht?

Gesendet: 31.03.2008, 14:32:34

618 88 48 25

Doch, ich würde mir in der Rolle der Femme fatale auch ziemlich komisch vorkommen.

Empfangen: 31.03.2008, 14:34:31

Elisa

Haha. Warum musst du immer den Macho aus dem Lehrbuch geben? Hast du noch nicht mitbekommen, dass das gar nicht mehr angesagt ist?

Gesendet: 31.03.2008, 14:37:09

618 88 48 25

Kleines, von Lehrbüchern habe ich leider keine Ahnung. Ich hab nämlich die Schule abgebrochen, um meinem Vater in der Autowerkstatt zu helfen, wo meine mit Motoröl beschmierten Muskeln die Ladys um den Verstand gebracht haben …

Empfangen: 31. 03. 2008, 14:40:14

Elisa

Sehr witzig. Ist eigentlich alles, was du mir erzählst, gelogen?

Gesendet: 31. 03. 2008, 14:42:54

618 88 48 25

Entscheidend ist doch, dass ich dir jeden Tag Zeit widme und dir zuhöre. Ich bin quasi dein virtuelles Gewissen, ich bin der Mann, der Emotionen in deinen trüben Alltag bringt durch ein simples «Hallo».

Empfangen: 31. 03. 2008, 14:52:13

Elisa

Vielleicht sollten wir auf E-Mails umsteigen, dann könnten wir uns längere Nachrichten schreiben.

Gesendet: 31. 03. 2008, 14:53:57

618 88 48 25

Ich darf in der Firma keine privaten Mails schreiben ☹

Empfangen: 31. 03. 2008, 14:54:27

Elisa

Tja, wie gesagt, falls du willst, dass wir aufhören, uns zu schreiben … Morgen verreise ich für ein paar Tage mit meinem Mann, da herrscht dann also sowieso erst mal Funkstille.

Gesendet: 31. 03. 2008, 14:56:36

618 88 48 25

Ich freue mich immer, von dir zu hören. Melde dich einfach nach deinem Urlaub. Gute Erholung!

Empfangen: 31. 03. 2008, 14:57:18

Elisa

Mach ich. Kuss!

Gesendet: 31. 03. 2008, 14:59:25

618 88 48 25

Ein Kuss an deinen Kuss!

Empfangen: 31. 03. 2008, 15:01:17

6. KAPITEL

Elisa

Hallo, Fremder. Bist du noch da?

Gesendet: 07.04.2008, 15:00:07

618 88 48 25

Stets zu Diensten, allerdings habe ich gleich ein Mittagessen mit Kollegen, nicht sauer sein, falls ich nicht sofort antworten kann. Wie war die Reise?

Empfangen: 07.04.2008, 15:03:12

Elisa

War gut. Mach dir keinen Stress, ich hab heute auch viel zu tun. Wir reden morgen, ja? Kuss!

Gesendet: 07.04.2008, 15:07:43

618 88 48 25

Kuss! Danke, dass du «noch da» bist.

Empfangen: 07.04.2008, 15:13:34

Elisa

☺

Gesendet: 07.04.2008, 15:14:08

***

618 88 48 25

Na … Lust auf einen kleinen Nachmittagssnack?

Empfangen: 07.04.2008, 17:19:30

Elisa

☺ Au ja! Ein Brötchen mit Nutella, bitte.

Gesendet: 07.04.2008, 17:24:06

618 88 48 25

Vollkorn oder Weizen?

Empfangen: 07.04.2008, 17:25:34

Elisa

Weizen, immer! Für wen hast du mich heute Mittag denn versetzt?

Gesendet: 07.04.2008, 17:26:48

618 88 48 25

Dick geschmiert oder raufgekratzt? Für eine Horde Langweiler, du hast mir gefehlt …

Empfangen: 07.04.2008, 17:29:54

Elisa

☺ Kommt da etwa langsam deine sanfte Seite durch? Von raufkratzen will ich nichts hören, man kann gar nicht genug Nutella auf dem Brötchen haben. Kann gerade nicht reden, essen wir morgen wieder zusammen?

Gesendet: 07.04.2008, 17:31:12

618 88 48 25

Gerne. Dann genieß deine Stulle allein, du Egoistin. Kuss!

Empfangen: 07.04.2008, 17:33:44

Elisa

☺ Kuss an deinen Kuss!

Gesendet: 07.04.2008, 17:34:08

7. KAPITEL

618 88 48 25
Hallo.
Empfangen: 08. 04. 2008, 15:03:12

Elisa
Hallo, Fremder.
Gesendet: 08. 04. 2008, 15:05:07

618 88 48 25
Hast du mich vermisst?
Empfangen: 08. 04. 2008, 15:06:26

Elisa
Träum weiter ☺
Gesendet: 08. 04. 2008, 15:08:52

618 88 48 25
Du hast wieder Oberwasser, was?
Empfangen: 08. 04. 2008, 15:10:11

Elisa
Los, kauf mir was zu essen und erzähl mir ein Geheimnis. Das ist doch der Vorteil daran, sich nicht zu kennen. Wir können uns sagen, was wir wollen …
Gesendet: 08. 04. 2008, 15:14:21

618 88 48 25

Hm, schwierig, mir fällt nichts ein …

Empfangen: 08.04.2008, 15:15:34

Elisa

Ach, komm schon!

Gesendet: 08.04.2008, 15:16:11

618 88 48 25

Na gut. Das ist mir ziemlich peinlich, aber ich habe lange Zeit geglaubt, bei Geysiren würde es sich um einen Volksstamm handeln.

Empfangen: 08.04.2008, 15:17:09

Elisa

Wie süß. Ich meinte aber ein richtiges Geheimnis.

Gesendet: 08.04.2008, 15:20:16

618 88 48 25

Ich bin verheiratet.

Empfangen: 08.04.2008, 15:23:05

Elisa

Im Ernst?

Gesendet: 08.04.2008, 15:24:43

618 88 48 25

Ja, aber es ist eine andere Situation als bei dir. Natürlich haben wir auch unsere Schwierigkeiten, aber meine Frau ist einfach phantastisch.

Empfangen: 08.04.2008, 15:27:41

Elisa

Wow. Ich wünschte, mein Mann würde so von mir reden.

Gesendet: 08.04.2008, 15:29:29

618 88 48 25

Durch unsere kleine SMS-Romanze bin ich ihr wieder nähergekommen, durch dich ist das Gefühl in mein Leben zurückgekehrt.

Empfangen: 08.04.2008, 15:32:16

Elisa

Na, das war ja wirklich ein genialer Schachzug von mir ☹

Gesendet: 08.04.2008, 15:33:51

618 88 48 25

Ach, jetzt wirst du eifersüchtig?

Empfangen: 08.04.2008, 15:34:59

Elisa

Ich muss los. Kuss.

Gesendet: 08.04.2008, 15:37:26

618 88 48 25

Okay, komm bald wieder …

Empfangen: 08.04.2008, 15:38:44

Elisa

Danke für das Essen und den kleinen Plausch.

Gesendet: 08.04.2008, 15:39:59

8. KAPITEL

618 88 48 25

Hast du schon Hunger?

Empfangen: 09. 04. 2008, 14:04:11

Elisa

Ich kann heute nicht, hab gleich ein Meeting.
Guten Appetit.

Gesendet: 09. 04. 2008, 14:06:59

618 88 48 25

Bist du sauer?

Empfangen: 09. 04. 2008, 14:07:37

Elisa

Warum sollte ich?

Gesendet: 09. 04. 2008, 14:10:46

618 88 48 25

Keine Ahnung. Na schön, ich will dich nicht aufhalten.

Empfangen: 09. 04. 2008, 14:11:29

Elisa

Ich frage mich einfach, welchen Sinn das Ganze noch hat. Offenbar benutzt du mich, um wieder Schwung in deine Ehe zu bringen. Willst du deine Frau mit mir eifersüchtig machen? Der Reiz des Ungewissen ist jedenfalls weg.

Gesendet: 09. 04. 2008, 14:14:45

618 88 48 25

Aber mir würde etwas fehlen, wenn wir uns nicht mehr schreiben würden, selbst wenn es nur hin und wieder sein sollte.

Empfangen: 09.04.2008, 14:16:26

Elisa

Mir würde etwas fehlen, *meiner* Beziehung tut unsere Romanze gut … Bisschen egoistisch, findest du nicht?

Gesendet: 09.04.2008, 14:18:37

618 88 48 25

Ich weiß nicht, was ich dazu sagen soll. Ich wollte dich nicht verletzen.

Empfangen: 09.04.2008, 14:19:46

Elisa

Es ist mir ein Rätsel, wieso ich mich in diesen Unfug überhaupt so hineinsteigere, noch dazu, wo ich keinen Schimmer habe, mit wem ich es zu tun habe. Du könntest ein alter Knacker sein oder ein präpubertärer Junge, der sich mit seinen Freunden in der großen Pause einen Spaß daraus macht, mich zu verarschen.

Gesendet: 09.04.2008, 14:22:24

618 88 48 25

Du weißt, dass das nicht stimmt.

Empfangen: 09.04.2008, 14:23:17

Elisa

Tja, du kannst dir trotzdem eine andere Dumme suchen für deine nächste SMS. Ich habe keine Lust mehr auf diese Spielchen.

Gesendet: 09.04.2008, 14:25:52

618 88 48 25

Ich versteh das nicht. Nur, weil ich dir gesagt habe, dass ich meine Frau liebe? Liebst du deinen Mann etwa nicht?

Empfangen: 09.04.2008, 14:28:49

Elisa

Doch, aber ich benutze dich nicht, um ihm «wieder näherzukommen». Ich muss jetzt los, ehrlich.

Gesendet: 09.04.2008, 14:34:08

618 88 48 25

Wie du meinst.

Empfangen: 09.04.2008, 14:36:50

9. KAPITEL

Elisa

Hallo …

Gesendet: 10.04.2008, 21:05:27

618 88 48 25

Hallo …

Empfangen: 10.04.2008, 21:07:14

Elisa

Verzeihst du mir meinen Ausbruch von gestern?

Gesendet: 10.04.2008, 21:08:27

618 88 48 25

Klar. Ich hatte ja auch nur gemeint, dass unsere «Begegnung» dafür gesorgt hat, dass ich abends wieder glücklicher nach Hause komme. Und das hat natürlich auch Einfluss auf meine Beziehung.

Empfangen: 10.04.2008, 21:10:14

Elisa

Ignorier mich einfach, ich bin eine schreckliche Drama-Queen, ich weiß nicht, was in mich gefahren ist, von einem Fremden irgendwelche Erklärungen zu verlangen … Ich habe momentan das Gefühl, dass mein Leben jede Sekunde zusammenfallen könnte wie ein Kartenhaus und bin einfach überfordert.

Gesendet: 10.04.2008, 21:13:01

618 88 48 25

Vielleicht kann ich dir ja helfen.

Empfangen: 10. 04. 2008, 21:14:25

Elisa

Ich weiß nicht …

Gesendet: 10. 04. 2008, 21:15:02

618 88 48 25

Was hast du denn zu verlieren? Begraben wir unseren ersten Streit und rauchen eine Friedenspfeife?

Empfangen: 10. 04. 2008, 21:16:53

Elisa

☺ Okeeeee.

Gesendet: 10. 04. 2008, 21:17:48

618 88 48 25

Wenn ich nur wüsste, was in deinem Köpfchen so vor sich geht …

Empfangen: 10. 04. 2008, 21:18:54

Elisa

Ich weiß ja, du glaubst, du seist zu allem fähig, aber die Vorgänge in meinem Kopf sind sogar für dich zu kompliziert.

Gesendet: 10. 04. 2008, 21:20:17

618 88 48 25

Stell mich ruhig auf die Probe, vielleicht bin ich ja für eine Überraschung gut.

Empfangen: 10. 04. 2008, 21:21:31

Elisa

Ich zweifle im Moment an allem, ich frage mich, ob es das hier schon gewesen sein soll oder ob ich noch Zeit habe, meinem Leben eine neue Richtung zu geben, noch mal über Los zu gehen und von vorn anzufangen …

Gesendet: 10.04.2008, 21:26:06

618 88 48 25

Bist du denn unglücklich mit deinem Leben?

Empfangen: 10.04.2008, 21:27:55

Elisa

Ich liebe meinen Mann, aber es kommt mir vor, als hätte ich mich nie bewusst dazu entschieden, mit ihm zusammen zu sein. Seit vier Jahren ziehen die Tage an uns vorbei, ich habe entschieden, ja zu sagen und nicht nein, als er mir einen Antrag gemacht hat, ich habe entschieden, dass die Einladungskarten auf cremefarbenem Papier gedruckt werden sollen, aber ich habe nie aus vollem Herzen die Entscheidung getroffen, dass er der Mensch meines Lebens ist …

Gesendet: 10.04.2008, 21:31:38

618 88 48 25

Das ist hart! Aber vielleicht ist ja auch dein Mann noch für eine Überraschung gut?

Empfangen: 10.04.2008, 21:33:00

Elisa

Ja, vielleicht. Oder er überrascht mich auch in Zukunft nur damit, welchen Film er freitags im Renoir für uns aussucht, und dann überrasche ich ihn damit, welchen Wochenendtrip ich für uns gebucht habe …

Gesendet: 10.04.2008, 21:36:56

618 88 48 25

Das Leben kann so viele unerwartete Wendungen nehmen, Kleines. Und vielleicht wird dir eines Tages bewusst, dass die glücklichste Zeit die war, in der du dich nur darum kümmern musstest, wo du das Wochenende verbringen willst …

Empfangen: 10.04.2008, 21:39:09

Elisa

Mag sein. Wahrscheinlich mache ich mir zu viele Gedanken. Allerdings muss ich sagen – auch wenn meine SMS einen anderen Eindruck vermitteln –, dass ich mir ein Leben ohne ihn nicht vorstellen kann.

Gesendet: 10.04.2008, 21:41:35

618 88 48 25

Ich glaube, dein Mann muss dir einfach mehr Kontra geben, das mögt ihr Frauen doch.

Empfangen: 10.04.2008, 21:43:51

Elisa

Da kommt der Macho wieder durch, was?

Gesendet: 10.04.2008, 21:44:48

618 88 48 25

Du hast ja keine Ahnung …

Empfangen: 10. 04. 2008, 21:45:29

Elisa

Wir gehen gleich noch essen, aber ich hab gar keine Lust. Ich bin müde, mir ist eher nach Jogginghose, Sofa und DVD.

Gesendet: 10. 04. 2008, 21:46:59

618 88 48 25

Also, mir würde schon was einfallen, was dich wieder munter macht …

Empfangen: 10. 04. 2008, 21:47:32

Elisa

Ja, ja, der überaus attraktive und männliche Kerl … Kuss!

Gesendet: 10. 04. 2008, 21:48:18

618 88 48 25

Ein Kuss an deinen Kuss.

Empfangen: 10. 04. 2008, 21:48:56

10. KAPITEL

618 88 48 25

Hallo, Unbekannte! Wie ist dein Freitag so?

Empfangen: 11. 04. 2008, 15:24:31

Elisa

Alles bestens, ich befolge gerade Ratschläge einer Zeitschrift, um eine selbstbewusste Frau zu werden – sagte sie und zückte bei ZARA an der Kasse ihre Kreditkarte.

Gesendet: 11. 04. 2008, 15:28:59

618 88 48 25

Steck die Karte wieder ein, die Therapie gibt's bei mir umsonst!

Empfangen: 11. 04. 2008, 15:30:34

Elisa

Sorry, aber in dem Artikel stand, dass es nichts gibt, was das Selbstwertgefühl einer Frau in den Dreißigern so sehr stärkt wie ein Minirock im College-Stil.

Gesendet: 11. 04. 2008, 15:33:28

618 88 48 25

Herrlich, wenn die Leute solch universelle Wahrheiten zum Besten geben.

Empfangen: 11. 04. 2008, 15:49:21

Elisa

Herrlich, wenn die Leute von *den* Leuten reden, als gehörten sie selbst nicht dazu.

Gesendet: 11.04.2008, 15:51:38

618 88 48 25

Tja, so sind sie nun mal, die Leute …

Empfangen: 11.04.2008, 15:55:21

Elisa

Du bist so was von vorhersehbar, Fremder.

Gesendet: 11.04.2008, 15:57:12

618 88 48 25

Ja, ja. Du hingegen scheinst dich prinzipiell für etwas Besseres zu halten.

Empfangen: 11.04.2008, 15:59:54

Elisa

Könnte daran liegen, dass ich einen überdurchschnittlich hohen IQ habe.

Gesendet: 11.04.2008, 16:05:02

618 88 48 25

Aha. Hat das der Psychotest in der *Vogue* ergeben?

Empfangen: 11.04.2008, 16:06:19

Elisa

Nein, das zeigen doch meine Antworten auf deine SMS. So, jetzt muss ich aber wirklich den Rest der Ratschläge befolgen …

Gesendet: 11.04.2008, 16:08:32

618 88 48 25

Dann berichte mal, ob das mit dem Rock funktioniert hat. Bin gespannt, ob du es bis Montag ohne meine SMS aushältst!

Empfangen: 11.04.2008, 16:10:21

Elisa

Ich werde mir Mühe geben, aber versprechen kann ich nichts …

Gesendet: 11.04.2008, 16:12:30

11. KAPITEL

Elisa

Guten Tag!

Gesendet: 14.04.2008, 14:14:07

618 88 48 25

Tag, die Dame. Na, hat dein neuer Minirock seinen Zweck erfüllt?

Empfangen: 14.04.2008, 14:15:29

Elisa

Ich bin noch gar nicht dazu gekommen, ihn anzuziehen ☹ Ich war die letzten Tage total geschafft, und ich hatte die ganze Zeit nur einen Mann im Kopf …

Gesendet: 14.04.2008, 14:17:16

618 88 48 25

Mich?!

Empfangen: 14.04.2008, 14:18:08

Elisa

Nein, Fremder! Diesen blöden Fernando … Der Typ macht mich fertig. Am liebsten würde ich ihn ohrfeigen. Arrrgggh!

Gesendet: 14.04.2008, 14:21:22

618 88 48 25

Wir kennen uns zwar nicht, aber ich kann mir trotzdem schwer vorstellen, dass du jemanden verprügelst. Obwohl die Vorstellung irgendwie sexy ist …

Empfangen: 14.04.2008, 14:23:47

Elisa

Tja, also zufällig trage ich heute hohe Schnürstiefel und Boxhandschuhe und habe eine Peitsche dabei. Habe Fernando schon in die Knie gezwungen.

Gesendet: 14.04.2008, 14:25:29

618 88 48 25

Hmmm, mach weiter …

Empfangen: 14.04.2008, 14:26:46

Elisa

Ehrlich gesagt törnt der Gedanke an Fernando auf Knien mich gerade total ab … Sorry.

Gesendet: 14.04.2008, 14:29:57

618 88 48 25

Wie ich diesen Fernando hasse! Ich muss los, die Kollegen warten schon. Aber wir hören bald wieder voneinander, ja?

Empfangen: 14.04.2008, 14:30:49

Elisa

Klar. Kuss!

Gesendet: 14.04.2008, 14:32:54

***

618 88 48 25

Ich hätte unser Gespräch von heute Nachmittag zu gern fortgeführt!

Empfangen: 14.04.2008, 19:38:19

Elisa

Geht mir genauso!

Gesendet:14.04.2008, 19:41:43

618 88 48 25

Sorry, ich habe hier einfach keine Ruhe. Aber morgen bin ich ganz für dich da …

Empfangen: 14.04.2008, 19:49:23

Elisa

☺ Okay. Hab einen schönen Abend.

Gesendet: 14.04.2008, 19:51:23

12. KAPITEL

Elisa

Was macht mein Lieblings-Fremder heute so?

Gesendet: 15.04.2008, 14:05:51

618 88 48 25

Auf deine SMS warten …

Empfangen: 15.04.2008, 14:06:47

Elisa

☺ Sandwich, Spaziergang und ein kleiner Plausch?

Gesendet: 15.04.2008, 14:08:19

618 88 48 25

Sehr gern. Und, wie geht's?

Empfangen: 15.04.2008, 14:16:21

Elisa

Ich surfe seit vier Stunden im Internet, ich weiß schon gar nicht mehr, was ich gesucht habe, und trotzdem kann ich nicht aufhören. Klarer Fall von Gehirnstarre. Hol mich hier raus, bitte!

Gesendet: 15.04.2008, 14:20:32

618 88 48 25

Keine Panik. Raus aus dem Internet, und wir beide machen einen Spaziergang zum Tempel von Debod.

Empfangen: 15.04.2008, 14:23:29

Elisa

Geschafft ☺
All die verführerischen Last-Minute-Angebote, personalisierten Reiserouten, eBay-Schnäppchen, Handy-Tarif-Wechsel – zum Teufel damit!!
Gesendet: 15.04.2008, 14:27:43

618 88 48 25

Du scheinst ja heute im Büro extrem viel um die Ohren zu haben.
Empfangen: 15.04.2008, 14:29:28

Elisa

Das sagt derjenige, der um zwei Uhr nachmittags Zeit für einen Spaziergang hat …
Gesendet: 15.04.2008, 14:33:32

618 88 48 25

Du weißt doch, die Arbeit an uns beiden genießt bei mir oberste Priorität …
Empfangen: 15.04.2008, 14:36:21

Elisa

Gut zu wissen! Ich kann mich leider doch nicht loseisen, hab gerade erfahren, dass ein wichtiges Meeting ansteht … Sorry!
Gesendet: 15.04.2008, 14:42:37

618 88 48 25

Alles klar. Schade. Kuss!
Empfangen: 15.04.2008, 14:43:16

***

618 88 48 25

Na?

Empfangen: 15.04.2008, 19:36:09

Elisa

Hallo, eine Nachricht zu so später Stunde, wie ungewöhnlich. Was gibt's?

Gesendet: 15.04.2008, 19:39:37

618 88 48 25

Ich hatte einen miesen Tag …

Empfangen: 15.04.2008, 19:40:33

Elisa

Was ist passiert?

Gesendet: 15.04.2008, 19:41:37

618 88 48 25

Ach, ich weiß auch nicht. Ich glaube, ich brauche eine radikale Veränderung. Am liebsten würde ich alles hinschmeißen.

Empfangen: 15.04.2008, 19:42:25

Elisa

Klingt tatsächlich nach einem miesen Tag.

Gesendet: 15.04.2008, 19:43:59

618 88 48 25

Die Arbeit geht mir auf die Nerven, und ich hab keinen Bock mehr, immer nur zu tun, was von mir erwartet wird.

Empfangen: 15.04.2008, 19:45:20

Elisa

Was wird denn von dir erwartet?

Gesendet: 15.04.2008, 19:46:39

618 88 48 25

Das Leben des gefügigen und fleißigen Angestellten zu führen, der alles mitmacht und bis zum bitteren Ende nichts, aber auch gar nichts, in Frage stellt.

Empfangen: 15.04.2008, 19:48:15

Elisa

Und was willst du dagegen unternehmen?

Gesendet: 15.04.2008, 19:51:08

618 88 48 25

Authentischer sein, sagen, was ich denke, und mich nicht um die Leute scheren, die damit nicht klarkommen.

Empfangen: 15.04.2008, 19:56:55

Elisa

Warum hast du das denn bisher nicht getan?

Gesendet: 15.04.2008, 19:58:06

618 88 48 25

Keine Ahnung, manchmal habe ich große Lust, alles hinzuschmeißen und mich einen Dreck um irgendetwas zu kümmern. Das sollte ich wirklich mal tun, dann würde ich vielleicht meine ganzen absurden Ängste los.

Empfangen: 15.04.2008, 20:03:27

Elisa

Wirklich ein mieser Tag. Wovor hast du denn Angst?

Gesendet: 15.04.2008, 20:05:31

618 88 48 25

Einen Fehler zu machen, aufzufliegen, die Kontrolle zu verlieren, davor, zu erkennen, dass ich nicht da bin, wo ich sein wollte, vor mir selbst …

Empfangen: 15.04.2008, 20:08:21

Elisa

Aufzufliegen?

Gesendet: 15.04.2008, 20:10:21

618 88 48 25

Manchmal habe ich Panik, es könnte jeden Moment rauskommen, dass ich nur ein Hochstapler bin … Im Job, in meiner Beziehung, bei meinen Freunden …

Empfangen: 15.04.2008, 20:13:15

Elisa

Da kann ich dich beruhigen, das trifft auf jeden Menschen zu. Wir sind alle Schauspieler, die ihre Rolle spielen, Fremder.

Gesendet: 15.04.2008, 20:20:33

618 88 48 25

Du bist die Einzige, der ich nichts vorspiele.

Empfangen: 15.04.2008, 20:25:44

Elisa

Darf ich dich etwas fragen? Kannst du mit deiner Frau gut reden? Wenn ich abends nach Hause komme und mein Mann mich fragt, wie mein Tag war, dann weiß ich manchmal gar nicht, was ich antworten soll. Ich bin dann plötzlich ganz träge, und mir fällt nichts ein, was ich ihm erzählen könnte.

Gesendet: 15. 04. 2008, 20:45:21

618 88 48 25

Das geht mir genauso und nun sieh dir uns zwei an. Wir produzieren täglich einen Mount Everest aus Worten, so viel haben wir uns zu sagen.

Empfangen: 15. 04. 2008, 20:48:30

Elisa

Ja. Ich glaube, das Schlimme am Alltag ist, dass wir uns immer nur um das kümmern, was dringend ist. Nicht um das, was wirklich wichtig ist.

Gesendet: 15. 04. 2008, 20:51:27

618 88 48 25

Ganz deiner Meinung. Wen interessiert es schon, ob das Auto einen Ölwechsel braucht? Wichtig ist doch nur, jemanden zu haben, von dem ich weiß, dass er immer für mich da ist.

Empfangen: 15. 04. 2008, 20:53:16

Elisa

Vielleicht kann mein Mann von dir noch was lernen. Ich sollte dir mal seine Telefonnummer geben.

Gesendet: 15. 04. 2008, 20:54:57

618 88 48 25

Ehrlich gesagt haben Männer mich noch nie besonders interessiert …

Empfangen: 15.04.2008, 20:55:55

Elisa

Haha, sehr witzig. Hey, ich mach Schluss für heute. Muss noch den Ölstand meines Wagens überprüfen …

Gesendet: 15.04.2008, 20:58:39

618 88 48 25

Gute Nacht, Madame!

Empfangen: 15.04.2008, 21:00:03

13. KAPITEL

618 88 48 25

Also, du errätst nie, was heute auf dem Speiseplan steht …

Empfangen: 16. 04. 2008, 14:05:21

Elisa

Jetzt bin ich aber gespannt!

Gesendet: 16. 04. 2008, 14:06:34

618 88 48 25

Mediterrane Variation von der Ochsen-Backe an Gemüsestift-Konfetti.

Empfangen: 16. 04. 2008, 14:08:13

Elisa

Hihi, eine Portion für mich, bitte! Machst du heute früher Mittagspause?

Gesendet: 16. 04. 2008, 14:10:20

618 88 48 25

Ich hab's einfach nicht mehr ausgehalten!

Empfangen: 16. 04. 2008, 14:11:51

Elisa

☺ Ich auch nicht. Ich hab den ganzen Vormittag alle zehn Minuten auf mein Handy geguckt …

Gesendet: 16. 04. 2008, 14:14:17

618 88 48 25

Ich meinte, ich hab's nicht länger
vor dem Computer ausgehalten …

Empfangen: 16. 04. 2008, 14:17:56

Elisa

Blödmann.

Gesendet: 16. 04. 2008, 14:19:43

618 88 48 25

Das war doch nur Spaß, Kleines.

Empfangen: 16. 04. 2008, 14:23:56

Elisa

Ich habe nachgedacht, und ich glaube, wir zwei brauchen uns gar nicht im echten Leben zu treffen, wir machen einfach so lange so weiter, bis wir keine Lust mehr haben, oder?

Gesendet: 16. 04. 2008, 14:26:44

618 88 48 25

Im Prinzip schon, aber wie Woody Allen sagt: «Eine Beziehung ist wie ein Hai. Sie muss ununterbrochen in Bewegung bleiben, sonst stirbt sie»…

Empfangen: 16. 04. 2008, 14:29:29

Elisa

Findest du, wir beide sollten eine richtige Beziehung haben?

Gesendet: 16. 04. 2008, 14:32:34

618 88 48 25

Was glaubst du denn, was das hier ist? Es ist doch eine Art von Beziehung, meinst du nicht?

Empfangen: 16.04.2008, 14:35:46

Elisa

Eine ziemlich seltsame Art, oder?

Gesendet: 16.04.2008, 14:36:51

618 88 48 25

Die Welt ist ein seltsamer Ort, Kleines.

Empfangen: 16.04.2008, 14:37:46

Elisa

Und ich bin am Verhungern! Lust auf ein Eis? Ich lade dich ein.

Gesendet: 16.04.2008, 14:39:38

618 88 48 25

Okay, Vanille und Schokolade!

Empfangen: 16.04.2008, 14:45:44

Elisa

Wie gewagt! So kenne ich meinen männlichen Kerl …

Gesendet: 16.04.2008, 14:54:21

618 88 48 25

Hallo? Es geht nur um ein Eis. Welche Sorten fändest du denn angebracht? Peperoni und Tequila???

Empfangen: 16.04.2008, 14:59:04

Elisa

☺ Du, ich hab mir überlegt, dass du mir ja mal ein Foto aufs Handy schicken könntest …

Gesendet: 16.04.2008, 16:02:21

618 88 48 25

Auf keinen Fall, vor dem Handy zu posieren wie ein Teenie – das erlaubt meine Männlichkeit nicht …

Empfangen: 16.04.2008, 16:04:02

Elisa

Na gut, das verstehe ich natürlich … außerdem habe ich schon ein Bild von dir im Kopf: Warren Beatty zu seinen besten Zeiten …

Gesendet: 16.04.2008, 16:10:23

618 88 48 25

Baby, neben mir sieht Warren Beatty aus wie ein Statist.

Empfangen: 16.04.2008, 16:14:01

Elisa

☺ Ich bin sprachlos, Fremder. Verrate mir mal eine Sache: Fährst du zufällig einen frisierten SEAT Léon in Neongelb und wohnst in einer Vorstadtsiedlung?

Gesendet: 16.04.2008, 16:17:12

618 88 48 25

Ja, so ein Kerl würde dir gefallen, der dich packt und auf die Motorhaube wirft, seine Pranken in deine Mähne krallt und … lass mich bloß nicht weiterreden …

Empfangen: 16.04.2008, 16:19:04

Elisa

Doch, mach weiter, ich schmelze dahin, genau wie mein Eis.

Gesendet: 16.04.2008, 16:22:58

618 88 48 25

Der dich auf die Motorhaube wirft, dich zu sich heranzieht und dann … die neueste CD von Scooter auflegt ☺

Empfangen: 16.04.2008, 16:25:07

Elisa

Du bist doof, ich war gerade dabei, richtig in Fahrt zu kommen!

Gesendet: 16.04.2008, 16:30:25

618 88 48 25

Das war meine Rache für die Sache mit dem Schulmädchen-Rock …

Empfangen: 16.04.2008, 16:33:35

Elisa

Oh, là, là. Das war wohl von langer Hand geplant, was? Sicher, dass du keine Frau bist?

Gesendet: 16.04.2008, 16:36:19

618 88 48 25

Das beweis ich dir gern.

Empfangen: 16.04.2008, 16:39:04

Elisa

Aha. Und wie?

Gesendet: 16.04.2008, 16:40:53

618 88 48 25

Sorry, das Telefon, ich musste rangehen. Und jetzt ruft der Schreibtisch. Den Beweis bleib ich dir schuldig …

Empfangen: 16. 04. 2008 16:49:56

Elisa

Und ich dir meine Rache …

Gesendet: 16. 04. 2008, 16:51:22

14. KAPITEL

618 88 48 25

Hallo …

Empfangen: 17.04.2008, 21:49:56

Elisa

Um diese Uhrzeit? Ich bin zu Hause mit meinem Mann …

Gesendet: 17.04.2008, 21:51:22

618 88 48 25

☹

Empfangen: 17.04.2008, 21:53:01

Elisa

Das Schicksal … «Der Maga entgegen, die ohne Überraschung lächelte und wie ich davon überzeugt war, dass in unser beider Leben ein zufälliges Sichbegegnen alles andere als zufällig war und dass, wer feste Verabredungen traf, zu denen gehörte, die liniertes Papier verwenden, wenn sie einander schreiben, und die Zahnpastatube von unten drücken …»
Julio Cortázar, Rayuela, Kapitel 1.

Gesendet: 17.04.2008, 22:34:22

618 88 48 25

Du hast recht, es war Schicksal, dass wir beide uns begegnet sind.

Gez. Gott

Empfangen: 17.04.2008, 22:37:21

Elisa

☺ Was machst du gerade, Allmächtiger?

Gesendet: 17.04.2008, 22:39:54

618 88 48 25

Auf euch Erdenkinder herabblicken und euch beobachten auf meinem gigantischen 32-Zoll-Monitor …

Empfangen: 17.04.2008, 22:42:28

Elisa

Aha. Ich geh jetzt unter die Dusche, Küsse!

Gesendet: 17.04.2008, 22:43:21

618 88 48 25

Mal sehen, ob ich deinen Kanal empfangen kann …

Empfangen: 17.04.2008, 22:45:09

15. KAPITEL

Elisa

Hallo, mein Fremder, ich kann dir erst Montag wieder schreiben, wir verreisen über das Wochenende, morgen geht's los.

Gesendet: 18.04.2008, 14:06:50

618 88 48 25

In Ordnung, erzähl mir am Montag, wie es gelaufen ist. Hab ein schönes Wochenende.

Empfangen: 18.04.2008, 14:09:44

Elisa

Das wünsch ich dir auch. Was meinst du, wird unsere Beziehung so enden wie in *Casablanca*?

Gesendet: 18.04.2008, 14:13:08

618 88 48 25

Hoffentlich nicht. Ich sorge einfach dafür, dass ich mit dir im Nebel verschwinde und nicht mit Captain Renault …

Empfangen: 18.04.2008, 14:17:27

Elisa

☺ Du wirst mir fehlen.

Gesendet: 18.04.2008, 14:18:10

618 88 48 25

Du mir auch, Kleines.

Empfangen: 18.04.2008, 14:19:49

16. KAPITEL

Elisa

Hallo!

Gesendet: 21.04.2008, 14:14:32

618 88 48 25

Guten Tag, Madame, wie war der Trip?

Empfangen: 21.04.2008, 14:22:25

Elisa

Also, eigentlich ganz schön, aber ich hatte trotzdem manchmal Lust, dir zu schreiben.

Gesendet: 21.04.2008, 14:24:37

618 88 48 25

Ja, ich hab unsere Gespräche auch vermisst.

Empfangen: 21.04.2008, 14:27:55

Elisa

Ich hab sie *sehr* vermisst …
Das Wochenende war in Ordnung, aber mein Mann war irgendwie seltsam. Na ja, wahrscheinlich war *ich* seltsam.

Gesendet: 21.04.2008, 14:29:54

618 88 48 25

Inwiefern?

Empfangen: 21.04.2008, 14:30:41

Elisa

Ich weiß auch nicht, er ist verunsichert, und das verunsichert mich. Er glaubt, dass unsere Beziehung mir nicht mehr wichtig ist.

Gesendet: 21. 04. 2008, 14:32:08

618 88 48 25

Und? Hat er recht?

Empfangen: 21. 04. 2008, 14:32:59

Elisa

Nein, also, keine Ahnung. Ich fühle mich sehr wohl mit ihm, aber ich kann einfach nicht
mit absoluter Gewissheit sagen, dass er
der Mann meines Lebens ist.
Wie soll man das auch wissen?

Gesendet: 21. 04. 2008, 14:35:18

618 88 48 25

Was?

Empfangen: 21. 04. 2008, 14:35:53

Elisa

Dass jemand der Mensch deines Lebens ist. Neulich habe ich zum x-ten Mal *Die Brücken am Fluss* gesehen, und als Clint Eastwood zu Meryl Streep sagt: «Diese Gewissheit, jemanden so zu lieben – die hast du nur einmal im Leben», da sind mir die Tränen gekommen. Diese Gewissheit hatte ich nie, und ich habe Angst, dass ich etwas Bedeutsames verpasse, wenn ich einfach so weitermache, aber ich will ihn auch nicht verlassen, ich bin ja glücklich mit ihm. Ich kann mir keinen anderen an meiner Seite vorstellen, auch

wenn ich mir von ganzem Herzen gewünscht habe, dass Meryl am Ende aus diesem Auto steigt.
Gesendet: 21.04.2008, 14:39:30

618 88 48 25
Also, bei dieser Szene heulen sie nun wirklich alle. Aber was du sagst, finde ich trotzdem ganz schön hart. Hast du mit ihm darüber gesprochen?
Empfangen: 21.04.2008, 14:47:25

Elisa
Nein, das würde ihm das Herz brechen.
Aber genug von mir. Was treibst du so?
Gesendet: 21.04.2008, 14:49:00

618 88 48 25
Gerade muss ich eine Deadline wegen eines Projekts einhalten. Ich schreib dir, sobald ich damit durch bin.
Empfangen: 21.04.2008, 14:55:23

Elisa
Okay. Kuss.
Gesendet: 21.04.2008, 14:56:30

***

Elisa
Hallo.
Gesendet: 21.04.2008, 17:29:23

618 88 48 25

Hey, wie geht's?

Empfangen: 21.04.2008, 17:36:02

Elisa

Besser! Verrätst du mir noch ein Geheimnis?

Gesendet: 21.04.2008, 17:42:13

618 88 48 25

Ich verwechsle immer Gabriel García Márquez und Gael García Bernal …

Empfangen: 21.04.2008, 17:59:50

Elisa

Haha, noch eins!

Gesendet: 21.04.2008, 18:01:34

618 88 48 25

Nö. Jetzt bist du dran.

Empfangen: 21.04.2008, 18:05:51

Elisa

Ich habe leider kein so ausgeprägtes komisches Talent wie du.

Gesendet: 21.04.2008, 18:07:49

618 88 48 25

Das ist nun wirklich kein Geheimnis, sondern sehr offensichtlich.

Empfangen: 21.04.2008, 18:09:06

Elisa

Idiot!

Gesendet: 21.04.2008, 18:11:04

618 88 48 25

Und du wartest sehnsüchtig auf jede Nachricht von diesem Idioten …

Empfangen: 21.04.2008, 18:15:53

Elisa

Also, darauf antworte ich jetzt nicht …

Gesendet: 21.04.2008, 18:18:27

Elisa

Hey. Ich habe eine Idee, aber sie ist ein bisschen gefährlich …

Gesendet: 21.04.2008, 18:23:09

618 88 48 25

Nur zu.

Empfangen: 21.04.2008, 18:24:35

Elisa

Wir könnten ein neues Kapitel unserer SMS-Freundschaft beginnen, Überschrift: Topsecret. Wir sagen uns *richtig* geheime Dinge, die wir noch keiner Menschenseele erzählt haben.

Gesendet: 21.04.2008, 18:25:30

618 88 48 25

Klingt in der Tat gefährlich. Das macht mir Angst.

Empfangen: 21.04.2008, 18:26:53

Elisa

Ein männlicher Kerl kennt doch keine Angst …
Na los, komm schon.

Gesendet: 21.08.2008, 18:27:57

618 88 48 25

Na gut. Mal sehen … Ich wollte immer gern Hut tragen!

Empfangen: 21.04.2008, 18:30:22

Elisa

Das gilt nicht, Fremder.

Gesendet: 21.04.2008, 18:31:37

618 88 48 25

Im Ernst! Ich wollte immer einer dieser charismatischen Typen sein, die selbstbewusst mit einem Hut durch die Gegend stolzieren, aber ich hab mich nie getraut. Außer im Urlaub.

Empfangen: 21.04.2008, 18:35:40

Elisa

Warum trägt man im Urlaub eigentlich immer andere Klamotten als im Alltag? Warum zieht man all diese seltsamen Sachen an, die zu Hause im Kleiderschrank versauern?

Gesendet: 21.04.2008, 18:39:38

618 88 48 25

Weil dich dort niemand kennt und du der sein kannst, der du immer sein wolltest. Das erklärt den Siegeszug des Adventure-Looks. Wir Männer wollen nämlich in Wahrheit alle aussehen wie

Indiana Jones … So, jetzt erzähl du mir ein Geheimnis.
Empfangen: 21.04.2008, 18:42:00

Elisa
Manchmal denke ich an dich, wenn ich mit meinem Mann zusammen bin.
Gesendet: 21.04.2008, 18:52:25

618 88 48 25
An mich oder an Warren Beatty?
Empfangen: 21.04.2008, 18:55:14

Elisa
Eher so allgemein, ich brauche gar keine bestimmte Vorstellung von dir, um an dich zu denken.
Gesendet: 21.04.2008, 18:57:03

618 88 48 25
Und was denkst du dann genau?
Empfangen: 21.04.2008, 18:59:59

Elisa
Dass du überraschend unten vor der Haustür stehst, mich mit einem Blick anflehst runterzukommen, um dir aufzumachen, und dann schaffen wir es nicht mal bis in den dritten Stock …
Gesendet: 21.04.2008, 19:02:40

618 88 48 25
Ich würde es mit dir sehr gern nicht bis in den dritten Stock schaffen.
Empfangen: 21.04.2008, 19:05:10

Elisa

Hmm, was hast du gerade an?

Gesendet: 21.04.2008, 19:07:37

618 88 48 25

Einen Hut, und du?

Empfangen: 21.04.2008, 19:09:06

Elisa

Schulmädchen-Rock! ☺ Kuss!

Gesendet: 21.04.2008, 19:11:22

17. KAPITEL

Elisa

Heute hast du mir gar keine SMS geschickt. Die Sache schläft wohl langsam ein.

Gesendet: 22. 04. 2008, 20:57:27

618 88 48 25

Das sagt die Richtige …

Empfangen: 22. 04. 2008, 20:59:01

Elisa

??

Gesendet: 22. 04. 2008, 21:08:32

618 88 48 25

Wie geht's? Was machst du so?

Empfangen: 22. 04. 2008, 21:12:25

Elisa

Ich geh gleich unter die Dusche … Bin komisch drauf …

Gesendet: 22. 04. 2008, 21:14:32

618 88 48 25

Weil?

Empfangen: 22. 04. 2008, 21:16:25

Elisa

Ich habe dir doch erzählt, dass ich auf der Reise ständig dachte, wie schön es wäre, mit dir dort zu sein. Glaubst du, ich verliere langsam den Verstand?

Gesendet: 22.04.2008, 21:20:00

618 88 48 25

Nein.

Empfangen: 22.04.2008, 21:22:45

Elisa

Du hast dich still und leise in mein Leben geschlichen, und jetzt übertönst du alles andere.

Gesendet: 22.04.2008, 21:23:33

Elisa

Oh, Gott. Ich weiß nicht, wie es so weit kommen konnte, dass ich dir so etwas schreibe. Das mit uns hat als harmloser Flirt begonnen, und jetzt … Wann genau ist daraus *das* hier geworden?

Gesendet: 22.04.2008, 21:24:08

618 88 48 25

…

Empfangen: 22.04.2008, 21:27:34

Elisa

Du bist das Eigenartigste, was mir je im Leben passiert ist. Du gibst mir eine fast unheimliche Euphorie, ein Gefühl, als sei mir ständig schwindelig. Du sorgst dafür, dass ich entweder total high bin oder ganz unten.

Gesendet: 22.04.2008, 21:28:04

618 88 48 25

Hör mal. Die Sache entgleitet mir langsam, und mir geht's nicht gut damit, vielleicht ist der Zeitpunkt gekommen, uns kennenzulernen.

Empfangen: 22.04.2008, 21:29:36

Elisa

Oh, Mann, ich weiß nicht … Und wann und wo soll das große Treffen stattfinden?

Gesendet: 22.04.2008, 21:33:05

618 88 48 25

Wie wäre es mit jetzt gleich, auf dem türkisblauen Sofa? *Unserem* türkisblauen Sofa.

Empfangen: 22.04.2008, 21:37:21

Elisa

Wie bitte?

Gesendet: 22.04.2008, 21:38:45

618 88 48 25

Es tut mir leid, Schatz. Am Anfang war es nur ein Spiel. Die Firma hat mir ein Handy mit einer neuen Nummer gegeben. Als ich dir schrieb, hast du mich für einen Fremden gehalten, die Situation hat mich fasziniert, endlich hatten wir uns wieder etwas zu sagen …

Bitte verzeih mir!

Empfangen: 22.04.2008, 21:42:54

Elisa

Ich zittere am ganzen Körper, ich will dich jetzt nicht sehen. Wie konntest du mir das antun?

Gesendet: 22.04.2008, 21:47:02

618 88 48 25

Es tut mir wirklich leid, ich dachte, auf diese Weise könnten wir endlich wieder miteinander reden, uns noch einmal neu kennenlernen. Letztes Wochenende ging es mir so dreckig. Zu wissen, dass du die ganze Zeit an «einen anderen» gedacht hast, das war einfach zu viel.

Empfangen: 22.04.2008, 21:51:28

Elisa

Ich kann es nicht fassen.

Gesendet: 22.04.2008, 21:54:00

618 88 48 25

Ich hatte gehofft, dass du mich durch die SMS wieder interessant und begehrenswert finden würdest. Bitte mach die Tür auf, damit ich dich in den Arm nehmen kann.

Empfangen: 22.04.2008, 21:55:47

18. KAPITEL

618 88 48 25

Hey …

Empfangen: 24.04.2008, 12:27:09

Elisa

Hey …

Gesendet: 24.04.2008, 12:28:45

618 88 48 25

Ich mache um drei Pause. Wenn du willst, können wir essen gehen.

Empfangen: 24.04.2008, 12:32:02

Elisa

Okay, ich ruf dich später an … 😗

Gesendet: 24.04.2008, 12:34:19

618 88 48 25

Schön. Soll das ein Kuss sein?

Empfangen: 24.04.2008, 12:36:56

Elisa

Ja, Kuss!!!!

Gesendet: 24.04.2008, 12:38:10

618 88 48 25

Ich kann heute doch nicht essen gehen, die brauchen mich im Büro. Sorry. Und Kuss!

Empfangen: 24.04.2008, 14:08:34

Elisa

Okay, dann bis später. Kuss.

Gesendet: 24.04.2008, 14:09:19

19. KAPITEL

Elisa

Milch, Himbeermarmelade, Butter, Zitronen, Vanillepudding, Lachs, Pizza, Kaffee, Klopapier.

Gesendet: 25.04.2008, 12:22:42

618 88 48 25

Margherita oder Quattro Stagioni?

Empfangen: 25.04.2008, 12:38:23

Elisa

Margherita, und Aloe-Vera-Duschgel.

Gesendet: 25.04.2008, 12:41:01

618 88 48 25

Okay.

Empfangen: 25.04.2008, 12:42:25

Elisa

Und Salz und Olivenöl.

Gesendet: 25.04.2008, 13:03:03

618 88 48 25

Zu spät, jetzt bin ich schon fertig …

Empfangen: 25.04.2008, 13:05:14

20. KAPITEL

Elisa

Treffen wir uns nachher direkt auf der Party? Die Adresse ist Drácena Nr. 19.

Gesendet: 26.04.2008, 19:48:34

618 88 48 25

Okay. Bin gleich nicht mehr zu erreichen, Akku leer. Wir sehen uns später. Kuss.

Empfangen: 26.04.2008, 20:34:14

21. KAPITEL

Elisa

Hallo!!!

Gesendet: 27.04.2008, 10:04:51

618 88 48 25

Schrei doch nicht so.

Empfangen: 27.04.2008, 10:05:24

Elisa

☺ Gib mir mal deine Daten für den Flug durch, Ausweisnummer, Ablaufdatum …

Gesendet: 27.04.2008, 10:09:51

618 88 48 25

Ich habe kein Ablaufdatum …

Empfangen: 27.04.2008, 10:11:24

Elisa

Sehr witzig.

Gesendet: 27.04.2008, 10:13:01

***

Elisa

Bist du gut angekommen?

Gesendet: 27.04.2008, 21:42:08

Elisa
Geh mal ans Telefon, bitte, du weißt doch, dass ich sonst nicht einschlafen kann …
Gesendet: 27.04.2008, 22:53:44

Elisa
Hallo?!
Gesendet: 27.04.2008, 22:59:12

Elisa
Ruf mich an, please!!!!!!!!
Ich mache mir schreckliche Sorgen.
Gesendet: 27.04.2008, 23:43:35

618 88 48 25
Schatz, ich bin gut angekommen, mein Akku war leer, sorry.
Empfangen: 28.04.2008, 00:26:33

618 88 48 25
Schläfst du schon, oder kann ich noch anrufen?
Empfangen: 28.04.2008, 00:27:56

Elisa
Natürlich schlafe ich nicht!
Gesendet: 28.04.2008, 00:28:19

22. KAPITEL

Elisa

Ich habe heute Morgen den Frühstückstisch für zwei gedeckt und es gar nicht gemerkt ☹

Gesendet: 28. 04. 2008, 11:55:04

618 88 48 25

Ich hatte hier nicht mal Zeit zum Frühstücken. Ich glaube, die Präsentation ist nicht so gut angekommen.

Empfangen: 28. 04. 2008, 13:09:31

Elisa

Deren Pech! Ich backe gerade Kekse. Kannst dich schon drauf freuen.

Gesendet: 28. 04. 2008, 18:09:45

Elisa

Die Kekse gehen im Ofen total auf, ich glaube, die Angaben im Rezept waren falsch …

Gesendet: 28. 04. 2008, 18:20:51

Elisa

Langsam machen sie mir Angst, sie werden größer und größer …

Gesendet: 28. 04. 2008, 18:26:12

Elisa

Ich werde jetzt gaaanz vorsichtig den Backofen öffnen und dann … Herrgottimhimmel!!!

Gesendet: 28.04.2008, 18:30:11

618 88 48 25

☺ Hast du überlebt? Meeting endlich vorbei, bin auf dem Weg zum Flieger.

Empfangen: 28.04.2008, 20:32:02

Elisa

Ich habe überlebt, meine Diät-Pläne nicht, und es sind auch keine Kekse mehr übrig, aber ich erwarte dich zum Abendessen ☺ Wann kommst du?

Gesendet: 28.04.2008, 20:33:59

618 88 48 25

Um 23:30 Uhr oder so.

Empfangen: 28.04.2008, 20:39:08

Elisa

Ich bin kurz davor, auf dem Sofa einzuschlafen, gleich schlafe ich ein …

Gesendet: 28.04.2008, 23:08:29

618 88 48 25

Nicht einschlafen!

Empfangen: 28.04.2008, 23:12:42

Elisa

Bis morg…

Gesendet: 28.04.2008, 23:13:12

618 88 48 25

Warte, ich bin in fünf Minuten da!

Empfangen: 28.04.2008, 23:14:57

23. KAPITEL

618 88 48 25

Lust auf Kino? Du darfst auch den Film aussuchen.

Empfangen: 29. 04. 2008, 18:32:02

Elisa

Mir ist alles recht. Kümmer du dich um die Karten, ich hab hier gerade so viel um die Ohren.

Gesendet: 29. 04. 2008, 19:02:09

618 88 48 25

Alles klar, ich gebe dir dann Bescheid, aber ich weiß auch gar nicht, ob meine Verabredung mit Daniel und Rafa noch steht.

Empfangen: 29. 04. 2008, 19:06:54

***

Elisa

Wann kommst du?

Gesendet: 29. 04. 2008, 23:02:34

618 88 48 25

So gegen Mitternacht. Die beiden wollen noch richtig einen draufmachen, aber ich bin eigentlich total erledigt.

Empfangen: 29. 04. 2008, 23:13:12

Elisa

Soll ich noch aufbleiben, bis du kommst?

Gesendet: 29.04.2008, 23:29:38

Elisa

Hallo?

Gesendet: 30.04.2008, 00:09:01

Elisa

Ist es so schwierig, mir kurz zu antworten? Großartig, jetzt kann ich wieder nicht einschlafen!

Gesendet: 30.04.2008, 00:32:39

618 88 48 25

Entschuldige, Schatz, ich hab nicht aufs Handy geschaut. Ich komme gegen zwei, am Ende ist die Zeit doch wie im Flug vergangen.

Empfangen: 30.04.2008, 00:53:57

Elisa

Von mir aus kannst du auch morgens um sechs kommen, aber sag mir einfach Bescheid! Es ist immer das Gleiche!

Gesendet: 30.04.2008, 01:04:51

618 88 48 25

Elisa, ich war seit Ewigkeiten nicht mit den Jungs unterwegs, es ist erst halb zwei, ich kapiere nicht, warum du so einen Aufstand machst.

Empfangen: 30.04.2008, 01:32:02

Elisa

Es geht mir doch gar nicht um die Uhrzeit!
Es ist mir wurscht, wann du nach Hause kommst!
Aber es ärgert mich, dass du mir immer wieder sagst, du wärst zu einer bestimmten Uhrzeit zu Hause, und dann kommst du doch viel später, obwohl du weißt, wie sehr mich das auf die Palme bringt!

Gesendet: 30.04.2008, 01:38:36

618 88 48 25

Okay, danke, dass du mir den Abend versaut hast. Keine Sorge, in einer halben Stunde ist Papa wieder da, dann kannst du beruhigt einschlafen.

Empfangen: 30.04.2008, 01:49:53

Elisa

Du bist unerträglich, von mir aus brauchst du überhaupt nicht nach Hause zu kommen.

Gesendet: 30.04.2008, 01:52:00

618 88 48 25

Alles klar.

Empfangen: 30.04.2008, 01:56:58

618 88 48 25

Weißt du, was, ehrlich gesagt habe ich auch gar keine Lust, zu dir zu kommen, ich übernachte heute bei Dani. Dir geht es doch gar nicht um mich, sondern nur darum, dass irgendjemand da ist, damit du dich nicht allein fühlst.

Empfangen: 30.04.2008, 02:12:03

24. KAPITEL

618 88 48 25

Ich stehe unten vor deinem Büro. Kannst du mal kurz runterkommen, bitte?

Empfangen: 30. 04. 2008, 11:03:15

Elisa

Nein, ich möchte jetzt nicht mit dir sprechen. Ich glaube, ich fahre über den Feiertag zu meinen Eltern.

Gesendet: 30. 04. 2008, 11:17:51

618 88 48 25

Elisa, lass uns reden, geh ans Telefon, bitte.

Empfangen: 30. 04. 2008, 11:18:52

Elisa

Gib mir ein bisschen Zeit.

Gesendet: 30. 04. 2008, 11:31:33

618 88 48 25

Wenn du meinst.

Empfangen: 30. 04. 2008, 11:32:11

25. KAPITEL

618 88 48 25

Hey, hallo. Wie geht es dir?

Empfangen: 02. 05. 2008, 11:09:54

Elisa

Gut, ich werde hier richtig verwöhnt.

Gesendet: 02. 05. 2008, 12:30:57

618 88 48 25

Wann kommst du zurück?

Empfangen: 02. 05. 2008, 12:32:09

Elisa

Morgen Abend. Da bin ich mit Helena verabredet.

Gesendet: 02. 05. 2008, 12:48:57

618 88 48 25

Ich werde dir ein Abendessen zaubern, das du so schnell nicht vergisst!

Empfangen: 02. 05. 2008, 12:50:00

26. KAPITEL

Elisa

Bringst du bitte noch Brot mit?

Gesendet: 04.05.2008, 12:30:57

618 88 48 25

Bin schon auf dem Rückweg. Aber ich fahr bei der Tankstelle vorbei ☺

Empfangen: 04.05.2008, 12:32:02

Elisa

Und eine Zeitung …

Gesendet: 04.05.2008, 12:34:19

618 88 48 25

Mensch, Mädchen!!!

Empfangen: 04.05.2008, 12:37:28

Elisa

☺

Gesendet: 04.05.2008, 12:38:41

27. KAPITEL

618 88 48 25

Habe gerade mit dem Klempner gesprochen, er kommt morgen Vormittag zwischen zehn und elf. Kannst du da zu Hause sein?

Empfangen: 05.05.2008, 13:17:25

Elisa

Ausgeschlossen. Ich hab morgen die Hewlett-Packard-Präsentation.

Gesendet: 05.05.2008, 13:25:58

618 88 48 25

Okay, dann übernehme ich. Ich mache um drei Pause, möchtest du essen gehen?

Empfangen: 05.05.2008, 13:32:02

Elisa

Kann nicht, hab hier Stress ☹

Gesendet: 05.05.2008, 13:34:19

***

618 88 48 25

Schläfst du schon? Bin in ca. 15 Minuten da – mach mir schon mal Platz im Bett …

Empfangen: 06.05.2008, 00:41:20

Elisa

Ich gucke seit einer halben Stunde den Shopping-Kanal. Da wird gerade ein aufblasbares Bett angepriesen. «Ruhewohl»! Das Teil ist einfach unglaublich! Es pumpt sich automatisch auf, es lässt von allein Luft ab, es ist groß und superbequem und trotzdem ganz einfach zu verstauen … Bitte, können wir so eins kaufen?

Gesendet: 06. 05. 2008, 00:43:58

618 88 48 25

Ab ins Bett!

Empfangen: 06. 05. 2008, 00:45:29

Elisa

☹

Gesendet: 06. 05. 2008, 00:46:19

28. KAPITEL

Elisa

Ich bin noch mit den Mädels unterwegs. Treffen wir uns um zehn im Cutre?

Gesendet: 06. 05. 2008, 20:34:19

Elisa

Oder besser um halb elf?

Gesendet: 06. 05. 2008, 20:36:57

618 88 48 25

Okay.

Empfangen: 06. 05. 2008, 20:37:28

Elisa

Viertel vor?

Gesendet: 06. 05. 2008, 21:45:31

618 88 48 25

Dann iss halt allein zu Abend!

Empfangen: 06. 05. 2008, 21:47:28

Elisa

Ich kann mich hier nicht loseisen. Wieso kommst du nicht dazu, und wir trinken einen Mojito zusammen? Komm schon, fürs Abendessen ist es jetzt sowieso zu spät.

Gesendet: 06. 05. 2008, 22:30:46

618 88 48 25

Nein. Ich warte zu Hause auf dich.

Empfangen: 06.05.2008, 22:37:28

29. KAPITEL

618 88 48 25

Alfredo's Burger Night?

Empfangen: 07. 05. 2008, 19:30:28

Elisa

Ich bin komplett erledigt, lass uns zu Hause essen.

Gesendet: 07. 05. 2008, 19:32:57

618 88 48 25

Okay.

Empfangen: 07. 05. 2008, 19:37:35

Elisa

Aber bist du heute nicht eigentlich verabredet?

Gesendet: 07. 05. 2008, 20:00:09

618 88 48 25

Ich möchte den Abend lieber mit dir verbringen.

Empfangen: 07. 05. 2008, 20:03:29

Elisa

Ja, ja. Gib's zu, in Wahrheit hast du Angst,
die Werbesendung über das «Ruhewohl»-Bett zu
verpassen! Oder haben deine Kumpels
dich vielleicht versetzt – wie immer?

Gesendet: 07. 05. 2008, 20:06:17

618 88 48 25

☺ Du Hexe

Empfangen: 07.05.2008, 20:07:28

30. KAPITEL

618 88 48 25

Tut mir leid wegen gestern …
Ich hab die ganze Nacht kein Auge zugekriegt.

Empfangen: 08. 05. 2008, 11:53:34

Elisa

Ich auch nicht. Aber ich werde mich nicht bei dir entschuldigen, du weißt, dass ich nicht auf die Minute genau sagen kann, wann ich aus dem Büro komme.

Gesendet: 08. 05. 2008, 11:59:11

618 88 48 25

Ein «mir auch» fände ich angebrachter … Wenn du dein Ding durchziehen willst, von mir aus, aber erwarte nicht, dass ich mich ständig für dich zum Affen mache.

Empfangen: 08. 05. 2008, 12:14:09

Elisa

Ich bin einfach komplett überarbeitet, ist das so schwer zu verstehen?

Gesendet: 08. 05. 2008, 12:23:18

618 88 48 25

Lass uns heute Abend darüber sprechen. Ich kann jetzt nicht. Wird aber spät, ich treffe mich nach der Arbeit noch mit den Jungs.

Empfangen: 08. 05. 2008, 12:43:30

Elisa

Bitte, geh ans Telefon. Wie oft soll ich mich denn noch entschuldigen? Woher hätte ich das mit der Überraschung denn wissen sollen?

Gesendet: 08.05.2008, 13:00:21

Elisa

Komm schon …

Gesendet: 08.05.2008, 14:04:38

Elisa

Falls du entschieden hast, überhaupt nicht mehr ans Handy zu gehen, sag mir einfach Bescheid. Ich hab genug von diesem Kinderkram.

Gesendet: 08.05.2008, 14:24:42

618 88 48 25

Und ich von deinen Launen.

Empfangen: 08.05.2008, 14:27:39

Elisa

Jetzt geh doch mal ran!

Gesendet: 08.05.2008, 14:29:52

Elisa

Hör mal, ich geb's auf, es wird wohl das Beste sein, ich fahre über das Wochenende zu meiner Schwester. Dein Benehmen ist unmöglich.

Gesendet: 08.05.2008, 14:29:56

618 88 48 25

Jetzt musst du wieder überreagieren, wie immer.

Empfangen: 08.05.2008, 14:33:47

Elisa

Stimmt, das muss an meiner Launenhaftigkeit liegen.

Gesendet: 08. 05. 2008, 14:35:26

618 88 48 25

Wahrscheinlich ist es wirklich besser, wenn wir uns mal ein paar Tage nicht sehen.

Empfangen: 08. 05. 2008, 14:44:04

31. KAPITEL

Elisa

Morgen Abend komme ich zurück.

Gesendet: 09. 05. 2008, 20:36:35

618 88 48 25

Ich bin mit Dani in Chinchon,
komme erst Sonntag wieder. Sorry.

Empfangen: 09. 05. 2008, 21:53:00

Elisa

Mein lieber Schwan, du verlierst wirklich keine Zeit!

Gesendet: 09. 05. 2008, 21:55:25

618 88 48 25

Schatz, lass uns nicht wieder damit anfangen. Ich brauchte auch Abstand, und zu Hause ist mir die Decke auf den Kopf gefallen.

Empfangen: 09. 05. 2008, 21:59:10

Elisa

Toll, und jetzt darf ich meiner Schwester erklären, wieso ich noch eine Nacht länger bleibe.

Gesendet: 09. 05. 2008, 22:03:38

618 88 48 25

Ich habe das Gefühl, deine einzige Sorge ist, allein einschlafen zu müssen, nur darum willst du mich dahaben.

Empfangen: 09. 05. 2008, 22:05:00

Elisa

Ja, ja, du wiederholst dich.

Gesendet: 09. 05. 2008, 22:13:11

32. KAPITEL

618 88 48 25

Warum gehst du nicht ans Telefon?

Empfangen: 11. 05. 2008, 16:46:00

Elisa

Könnte damit zu tun haben, dass *du* mich das ganze Wochenende lang kein einziges Mal angerufen und mir nicht eine verdammte SMS geschickt hast.

Gesendet: 11. 05. 2008, 16:59:20

618 88 48 25

Aber ich versuche doch die ganze Zeit, dich anzurufen.

Empfangen: 11. 05. 2008, 17:03:38

Elisa

Jetzt, am Sonntag!

Gesendet: 11. 05. 2008, 17:05:24

618 88 48 25

Du hättest dich ja auch melden können.

Empfangen: 11. 05. 2008, 17:09:18

Elisa

Mann, diese ständigen Diskussionen gehen mir so auf die Nerven!

Gesendet: 11. 05. 2008, 17:13:37

618 88 48 25

Dann lass uns doch einfach damit aufhören und Frieden schließen. Ich bin gegen zehn zu Hause, ich fahre bei der Videothek vorbei und leihe uns *Das Apartment* aus, ein Klassiker … ☺ Den schauen wir uns gemeinsam an, ja?

Empfangen: 11. 05. 2008, 17:16:02

Elisa

Au ja! ☺

Gesendet: 11. 05. 2008, 17:23:37

33. KAPITEL

Elisa

Liebster, vergiss nicht, die Kinokarten
zu reservieren.

Gesendet: 12.05.2008, 17:09:45

618 88 48 25

Okay, mach ich.
Kommen Paco und Helena nun mit oder nicht?

Empfangen: 12.05.2008, 17:18:19

Elisa

Helena meint, wir sollen erst mal nur für uns beide reservieren, und wenn sie am Ende doch dabei sind, dann kümmern sie sich selbst um Karten. Kuss.

Gesendet: 12.05.2008, 17:24:59

618 88 48 25

Okay, Reservierungscode: 45gyc.

Empfangen: 12.05.2008, 17:58:33

Elisa

Ich komme zehn Minuten zu spät, nicht sauer sein …

Gesendet: 12.05.2008, 20:54:32

618 88 48 25

Beeil dich, es gibt keine nummerierten Plätze.

Empfangen: 12.05.2008, 20:55:09

34. KAPITEL

618 88 48 25

Denk an die Zeitung, ja?

Empfangen: 13.05.2008, 13:23:09

35. KAPITEL

Elisa

Ich bin gleich in einer Besprechung und melde mich später.

Gesendet: 14.05.2008, 11:09:29

618 88 48 25

Hmmmm … Du hast endlich herausgefunden, wie man auf deinem Handy «Automatische Antworten» einstellt, oder?

Empfangen: 14.05.2008, 11:13:10

Elisa

Blödmann …

Gesendet: 14.05.2008, 11:14:06

36. KAPITEL

Elisa

Hallo, Fremder, was steht heute Abend auf dem Speiseplan?

Gesendet: 15.05.2008, 12:32:02

618 88 48 25

Wir hätten eine Trilogie von dem eingetupperten Essen deiner Mutter da, und zum Nachtisch: Schokoladeneis!

Empfangen: 15.05.2008, 17:12:43

Elisa

Klingt nach einer unschlagbaren Kombination.
Um acht bei uns?

Gesendet: 15.05.2008, 17:14:15

618 88 48 25

Abgemacht.

Empfangen: 15.05.2008, 17:16:32

***

Elisa

Sorry, komme etwas später, ich muss bei der Reinigung vorbei und das Kleid wegbringen, das ich auf der Kommunion anhatte.

Gesendet: 15.05.2008, 19:23:21

618 88 48 25

Okay.

Empfangen: 15.05.2008, 19:25:04

Elisa

Reinigung hat schon zu, ich bringe es eben bei meiner Mutter vorbei. Iss du schon mal zu Abend, wenn du willst, ich esse bei meinen Eltern. Kuss.

Gesendet: 15.05.2008, 20:04:30

618 88 48 25

Okay ☹ Ich warte dann mit dem Eis auf dich.

Empfangen: 15.05.2008, 20:06:50

37. KAPITEL

Elisa

Kannst du die Wäsche aufhängen, wenn du nach Hause kommst, please?

Gesendet: 17.05.2008, 14:20:39

618 88 48 25

Okay.

Empfangen: 17.05.2008, 15:31:30

38. KAPITEL

Elisa

Um sieben kommt der Klempner noch mal,
bist du bis dahin zu Hause?

Gesendet: 18.05.2008, 14:04:21

618 88 48 25

Ausgeschlossen. Gib Carmen Bescheid.

Empfangen: 18.05.2008, 14:11:15

39. KAPITEL

618 88 48 25

Wenn du das Auto nimmst, kontrollier bitte den Reifendruck hinten, ich glaube, der ist zu niedrig.

Empfangen: 19. 05. 2008, 13:24:30

Elisa

Okay.

Gesendet: 19. 05. 2008, 13:27:09

40. KAPITEL

618 88 48 25

Ich kann so nicht mehr weitermachen, es geht mir nicht darum, dass du das mit der Stromrechnung vergessen hast, ich meine die Gesamtsituation, ich bin das alles leid.

Empfangen: 21.05.2008, 16:32:20

Elisa

Ich halte es auch nicht mehr aus, ich weiß schon gar nicht mehr, wie ich mich dir gegenüber verhalten soll. Du bist so was von empfindlich. Vielleicht wäre es das Beste, wenn ich für ein paar Tage zu meiner Schwester führe.

Gesendet: 21.05.2008, 16:38:30

618 88 48 25

Spitzenplan, das wird all unsere Probleme lösen.

Empfangen: 21.05.2008, 16:43:39

Elisa

Was soll ich denn deiner Meinung nach tun?
Sag's mir, und ich mache es.

Gesendet: 21.05.2008, 17:50:19

618 88 48 25

Vielleicht kannst du gar nichts tun, ich glaube, es liegt an mir. Ich weiß nicht, was mit mir los ist.

Empfangen: 21.05.2008, 17:54:21

Elisa

Eine Auszeit tut uns sicher gut.

Gesendet: 21.05.2008, 18:44:01

618 88 48 25

Bleib du doch zu Hause, ich fahre für ein paar Tage zu Dani, danach geht's mir bestimmt besser.

Empfangen: 21.05.2008, 18:54:21

Elisa

Lass uns gleich zu Hause drüber reden, ja?

Gesendet: 21.05.2008, 18:59:01

41. KAPITEL

Elisa

Du hast dein Asthma-Spray vergessen.

Gesendet: 22.05.2008, 12:15:07

618 88 48 25

Habe mir ein neues besorgt, mach dir keine Sorgen.

Empfangen: 22.05.2008, 12:20:29

***

618 88 48 25

Sag mal, ist Post von der Rentenversicherung für mich gekommen?

Empfangen: 22.05.2008, 21:20:28

Elisa

Nein, aber wenn was kommt, gebe ich dir Bescheid.

Gesendet: 22.05.2008, 21:24:36

42. KAPITEL

Elisa

Heute war ein Brief von der Bank für dich in der Post.

Gesendet: 23.05.2008, 22:14:41

618 88 48 25

Schatz, du brauchst keinen Vorwand, um mir zu schreiben, sag einfach, dass du mich vermisst.

Empfangen: 23.05.2008, 22:20:09

Elisa

!".$ %&/()=?

Gesendet: 23.05.2008, 22:26:00

618 88 48 25

Ich dich auch, Schatz. ☺

Empfangen: 23.05.2008, 22:27:29

43. KAPITEL

Elisa

Und … Wie läuft's mit Dani?

Gesendet: 25.05.2008, 21:14:36

618 88 48 25

Hallo, Schatz!! Der Ärmste schlägt sich wacker mit seinem Adoptivkind: dem Mittdreißiger in der Krise. Er lässt mich sogar das Spiel anschauen, obwohl er doch Fußball hasst …

Empfangen: 25.05.2008, 21:20:28

Elisa

Das klingt toll! Ich wäre unsterblich in Dani verliebt, wenn er nicht schwul wäre.

Gesendet: 25.05.2008, 21:23:09

618 88 48 25

Wenn er nicht schwul wäre *und* wenn du nicht unsterblich in mich verliebt wärst.

Empfangen: 25.05.2008, 21:24:39

Elisa

Du bist ja albern … Gute Nacht!

Gesendet: 25.05.2008, 21:32:27

618 88 48 25

Kuss, Schatz!

Empfangen: 25.05.2008, 21:33:30

44. KAPITEL

Elisa

Gute Nachrichten!

Gesendet: 26.05.2008, 12:13:22

618 88 48 25

Was ist passiert?

Empfangen: 26.05.2008, 12:15:18

Elisa

Fernando!

Gesendet: 26.05.2008, 12:16:10

618 88 48 25

Er geht am Stock, weil ihm endlich jemand die Hammelbeine langgezogen hat?

Empfangen: 26.05.2008, 12:17:32

Elisa

Nein, viel besser … Er wird nach Valencia versetzt!!! ☺

Gesendet: 26.05.2008, 12:18:08

618 88 48 25

Wow! Das muss gefeiert werden! Sollen wir drauf anstoßen? Ich habe hier zufällig ein feines Tröpfchen stehen, das ich für ganz besondere Anlässe aufbewahrt habe …

Empfangen: 26.05.2008, 12:20:34

Elisa

Au ja. Wann?

Gesendet: 26.05.2008, 12:21:20

618 88 48 25

Jetzt sofort! Wie als wir noch Fremde waren …
Prost, auf Valencia!

Empfangen: 26.05.2008, 12:23:11

Elisa

Auf Valencia!

Gesendet: 26.05.2008, 12:25:19

45. KAPITEL

Elisa

Hast du mal aus dem Fenster gesehen, Liebster?
Es regnet in Strömen.

Gesendet: 28. 05. 2008, 11:37:13

618 88 48 25

Schrecklich! Aber wir könnten ein bisschen im Regen spazieren gehen und uns unterhalten!

Empfangen: 28. 05. 2008, 11:45:29

Elisa

Gern.
Worüber möchte Monsieur heute sprechen?

Gesendet: 28. 05. 2008, 11:54:30

618 88 48 25

Keine Ahnung, über den Regen, über die Sehnsucht …

Empfangen: 28. 05. 2008, 12:00:41

Elisa

Über die Sehnsucht? Darüber, wie sehr ich es vermisse, mit dir ins Kino zu gehen? Oder die neue Staffel der *Sopranos* zu gucken?
Darüber, dass mir sogar unsere Streitereien vor dem Einschlafen fehlen? Und unsere beschwipsten Gespräche zwischen zwei Mojitos im Cutre?

Gesendet: 28. 05. 2008, 12:16:02

618 88 48 25

Was wird das? Eine Versöhnung mit mir oder mit der Alltagsroutine?

Empfangen: 28.05.2008, 12:18:38

Elisa

Ich finde ja, es gibt durchaus einen positiven Aspekt an der Alltagsroutine: nämlich die Tatsache, dass wir sie gemeinsam jeden Tag aufs Neue durchbrechen können. Aber dazu müsstest du hier sein …

Gesendet: 28.05.2008, 12:22:02

618 88 48 25

Schatz …

Empfangen: 28.05.2008, 12:25:13

***

Elisa

Schickst du mir ein Lächeln vorm Einschlafen?

Gesendet: 28.05.2008, 23:39:04

618 88 48 25

Klar! Und einen Gutenachtkuss dazu. Träum was Schönes!

Empfangen: 28.05.2008, 23:40:11

46. KAPITEL

Elisa

Ich hab einen Anruf in Abwesenheit von dir. Soll das heißen, das Anruf-Embargo ist aufgehoben?!

Gesendet: 29. 05. 2008, 18:27:00

618 88 48 25

Nein, ich wollte nur fragen, ob ein Brief von der Bank für mich gekommen ist …

Empfangen: 29. 05. 2008, 18:32:13

Elisa

Du bist echt gestört! ☺

Gesendet: 29. 05. 2008, 18:33:50

47. KAPITEL

Elisa

Weißt du, was? Jedes Mal, wenn du weg bist, herrscht bei uns in der Straße das reinste Chaos, ständig geht irgendwo eine Sirene los, und die Leute schreien sich an …

Gesendet: 30.05.2008, 17:42:25

618 88 48 25

☺

Empfangen: 30.05.2008, 17:49:46

Elisa

Komm nach Hause, Liebster. Du bist mein Lieblingsmensch.

Gesendet: 30.03.2008, 17:54:27

618 88 48 25

Ich mag es, wenn du redest wie die Figuren aus einem Groschenroman.

Empfangen: 30.05.2008, 17:55:24

Elisa

Schweig, du elender Schuft!

Gesendet: 30.05.2008, 17:56:36

618 88 48 25

☺

Empfangen: 30.05.2008, 17:59:28

48. KAPITEL

Elisa

Santiiiiiiiiiiiii!!!!!!!!!!!!!!!

Gesendet: 31. 05. 2008, 22:13:12

618 88 48 25

Eliiiiiiiiiiiiiii!!!!!!!!

Empfangen: 31. 05. 2008, 22:15:35

Elisa

Los, komm nach Hause, bittebitte!

Gesendet: 31. 05. 2008, 22:19:12

618 88 48 25

Gib mir noch ein bisschen Zeit. Ich liebe dich mehr als alles andere auf der Welt, aber ich habe Angst davor, nach Hause zu kommen. Angst, dass das mit uns nicht funktioniert. Und eine weitere Krise würde ich einfach nicht packen. Ich muss rausfinden, ob ich auch ohne dich klarkommen kann.

Empfangen: 31. 05. 2008, 22:24:35

Elisa

Ich würde dir ja gern versprechen, dass alles gut wird, sobald du wieder hier bist, aber es gibt nun mal für nichts im Leben eine Garantie …

Gesendet: 31. 05. 2008, 22:25:23

618 88 48 25

Ich will für dich wieder der Fremde sein, dem du all deine Geheimnisse erzählst. Nicht irgendein Fußabtreter, dem du nichts mehr zu sagen hast. Ich will, dass du verrückt nach mir bist.

Empfangen: 31.05.2008, 22:38:49

Elisa

Ach, dieses Kribbeln im Bauch wird doch überbewertet, das geht vorbei. Aber du machst mich *glücklich*, seit vielen Jahren schon, und das ist viel schwieriger.

Gesendet: 31.05.2008, 22:44:28

618 88 48 25

Mag sein, aber falls du dich Hals über Kopf in einen anderen verknallst, wäre es dir wahrscheinlich herzlich egal, ob ich dich jahrelang glücklich gemacht habe. Das Kribbeln ist am Ende wichtiger als das Glücklichsein.

Empfangen: 31.05.2008, 22:47:32

Elisa

Kein Mensch hat jahrelang Schmetterlinge im Bauch! Das wäre doch nicht normal.

Gesendet: 31.05.2008, 22:52:18

618 88 48 25

Normal ist es aber auch nicht, dass du offenbar gar kein Kribbeln mehr spürst und das auch noch hinnimmst.

Empfangen: 31.05.2008, 22:54:29

Elisa

Liebster. Diese Unterhaltung führt zu nichts, wir kommen vom Thema ab … Gutenachtkuss.

Gesendet: 31. 05. 2008, 22:57:21

618 88 48 25

Nur einen? Du Geizkragen!

Empfangen: 31. 05. 2008, 22:59:42

Elisa

☺

Gesendet: 31. 05. 2008, 23:03:05

49. KAPITEL

618 88 48 25

Mann, ist das ein Krach hier …

Empfangen: 01. 06. 2008, 22:14:24

Elisa

Wo bist du denn?

Gesendet: 01. 06. 2008, 22:17:21

618 88 48 25

In der Kneipe. Mit den Jungs vom Fußball.

Empfangen: 01. 06. 2008, 22:21:03

Elisa

Tja, ich verbringe den Abend mit einem überaus attraktiven Arzt …

Gesendet: 01. 06. 2008, 22:24:42

618 88 48 25

Ich hab dir doch gesagt, du sollst die Finger von *Dr. House* lassen. Es gibt schon genug Arztserien, nach denen du süchtig bist, langsam reicht's!

Empfangen: 01. 06. 2008, 22:28:09

Elisa

Apropos, falls du's noch nicht wusstest, ich habe neuerdings einen Verehrer …

Gesendet: 01. 06. 2008, 22:32:36

618 88 48 25

Ach, tatsächlich? Der Nachfolger von Fernando?

Empfangen: 01.06.2008, 22:35:22

Elisa

Nein, der Klempner. Es macht mich ganz wuschig, wenn er den Zahnstocher zwischen seinen fleischigen Lippen hin und her schiebt …

Gesendet: 01.06.2008, 22:40:08

618 88 48 25

Hahaha!

Empfangen: 01.06.2008, 22:48:23

Elisa

Ich geh jetzt mit Warren Beatty ins Bett.

Gesendet: 01.06.2008, 23:00:52

618 88 48 25

Schlaf gut.
Nach dem Dessert werde ich für ein Weilchen in deinem Kopf vorbeischauen und durch deine Träume spuken.

Empfangen: 01.06.2008, 23:02:54

Elisa

☺ Dann sehen wir uns ja später …

Gesendet: 01.06.2008, 23:04:35

50. KAPITEL

Elisa

Eine weitere schlaflose Nacht.

Gesendet: 03.06.2008, 04:36:08

618 88 48 25

Was ist denn los?

Empfangen: 03.06.2008, 04:37:49

Elisa

Ich finde einfach keine gute Schlafposition, und mir ist klargeworden, dass die einzig richtige die ist, in der mein Körper sich passgenau an deinen Rücken schmiegt …

Gesendet: 03.06.2008, 04:38:07

618 88 48 25

Schatz …

Empfangen: 03.06.2008, 04:39:19

Elisa

Mensch, Santi, ich weiß nicht, ob ich das Kribbeln im Bauch noch spüre oder nicht. Was weiß ich schon über die Liebe? Das Einzige, was ich weiß, ist, dass das Leben ohne dich beschissen ist und keinen Spaß macht.

Gesendet: 03.06.2008, 04:42:59

618 88 48 25

Vielleicht ist das Problem, dass du nie um mich kämpfen musstest …

Empfangen: 03. 06. 2008, 04:47:40

Elisa

Vielleicht mache ich das ja gerade …

Gesendet: 03. 06. 2008, 04:49:38

618 88 48 25

Schatz, werd jetzt nicht sauer, aber ich glaube immer noch, dass du nur aus Bequemlichkeit mit mir zusammen sein willst, weil es die einfachste Lösung ist und du dich damit am wohlsten fühlst.

Empfangen: 03. 06. 2008, 04:57:02

Elisa

Was soll ich darauf sagen? Ja, du hast recht.
Ich fühle mich wohl an deiner Seite, und es ist alles einfacher für mich, wenn du bei mir bist.
Was ist daran so schlimm?

Gesendet: 03. 06. 2008, 05:01:59

618 88 48 25

Das reicht einfach nicht.

Empfangen: 03. 06. 2008, 05:03:20

Elisa

Was fehlt dir denn?
Was ist es, das dich angeblich soooooo sehr von mir unterscheidet?

Gesendet: 03. 06. 2008, 05:05:37

618 88 48 25

Zum Beispiel die Tatsache, dass *ich* sehr wohl um dich gekämpft habe, dass *ich* sehr wohl bewusst entschieden habe, dass du der Mensch meines Lebens bist. Dass ich dich nicht einfach geheiratet habe, weil es nun mal an der Zeit war, diesen Schritt zu tun, sondern weil ich unbedingt wollte, dass du ganz mir gehörst.

Empfangen: 03. 06. 2008, 05:09:56

Elisa

Ach, du findest es also in Ordnung, mich als dein Eigentum haben zu wollen, aber es reicht dir nicht, dass ich einfach nur glücklich mit dir sein will?

Gesendet: 03. 06. 2008, 05:13:03

618 88 48 25

Jetzt komm mir nicht so. Mir bedeutet diese Beziehung viel mehr als dir, das ist doch offensichtlich.

Empfangen: 03. 06. 2008, 05:15:25

Elisa

Tatsächlich? Willst du mich mehr als ich dich, oder willst du einfach immer *noch* mehr von mir besitzen? Denk mal drüber nach.

Gesendet: 03. 06. 2008, 05:17:48

618 88 48 25

Elisa, es ist fünf Uhr morgens, nerv mich nicht mit deinen Spitzfindigkeiten, du weißt, wie ich es meine.

Empfangen: 03. 06. 2008, 05:19:53

Elisa

Also, ich bin überhaupt nicht müde, im Gegenteil, ich sehe die Dinge so klar wie nie.

Gesendet: 03.06.2008, 05:23:19

618 88 48 25

Soll ich dich an die SMS an deinen Fremden erinnern, in der du von deinen Zweifeln erzählt hast, weil du dich nie bewusst entschieden hast, dass ich der Mensch deines Lebens bin …?

Empfangen: 03.06.2008, 05:27:31

Elisa

Ich musste mich gar nicht bewusst entscheiden, das Leben hat mir die Entscheidung abgenommen. Ich hab ja auch nicht bewusst entschieden, dass ich unbedingt in Madrid leben wollte, und trotzdem spüre ich jedes Mal die Notwendigkeit, in diese tolle Stadt zurückzukehren, wenn ich ein paar Tage nicht hier bin.

Gesendet: 03.06.2008, 05:37:00

618 88 48 25

Soll das heißen, du bist nur aus Notwendigkeit mit mir zusammen?

Empfangen: 03.06.2008, 05:39:12

Elisa

Gilt für dich denn nicht das Gleiche?
Du spürst doch auch die Notwendigkeit,
bei mir zu sein.

Gesendet: 03.06.2008, 05:45:07

618 88 48 25

Ich will keine Notwendigkeit für dich sein, ich will, dass du dich jeden Tag aufs Neue für mich entscheidest.

Empfangen: 03. 06. 2008, 05:47:34

Elisa

Jetzt bleib mal auf dem Teppich, in der Theorie klingt das ja alles wunderbar, aber die Realität sieht nun mal anders aus.

Gesendet: 03. 06. 2008, 05:49:59

618 88 48 25

Wie denn?

Empfangen: 03. 06. 2008, 05:50:34

Elisa

Du kannst von keiner Frau verlangen, dass sie dich jeden Tag aufs Neue als tollsten Mann aller Zeiten erwählt. So funktioniert das nicht. Das ist kindisch und idealistisch.

Gesendet: 03. 06. 2008, 05:55:59

618 88 48 25

Wenn du an meiner Stelle wärst, würdest du nicht so abgebrüht reagieren. Schatz, ich bin todmüde, lass uns morgen weiterreden, einverstanden?

Empfangen: 03. 06. 2008, 06:07:34

Elisa

Okay, aber ich habe recht, und das weißt du …

Gesendet: 03. 06. 2008, 06:09:59

618 88 48 25

☺ Kuss, du Nervensäge.

Empfangen: 03. 06. 2008, 06:11:12

51. KAPITEL

618 88 48 25

Hey …

Empfangen: 03. 06. 2008, 14:37:47

Elisa

Hey … Wie geht's dir? Ich habe solche Augenringe, ich sehe aus wie der Tod auf Latschen. Und all das, ohne dass wir einen Schritt weitergekommen wären.

Gesendet: 03. 06. 2008, 14:40:05

618 88 48 25

Und ich könnte im Stehen einschlafen. Aber weißt du, was? Dani und Fran wollen zusammenziehen!

Empfangen: 03. 06. 2008, 14:43:18

Elisa

Wie schön!
Die beiden sind wirklich füreinander gemacht.

Gesendet: 03. 06. 2008, 14:45:51

618 88 48 25

Stimmt, ich hab sie nicht ein einziges Mal streiten sehen.

Empfangen: 03. 06. 2008, 14:48:26

Elisa

Tja, dann musst du jetzt wohl nach Hause zu deiner Liebsten zurückkehren.

Gesendet: 03.06.2008, 14:55:03

618 88 48 25

Nein, ich werde standhaft bleiben.

Empfangen: 03.06.2008, 14:57:01

Elisa

Ich gebe dir eine Woche, dann kommst du angekrochen …

Gesendet: 03.06.2008, 14:59:59

618 88 48 25

Hochnäschen!

Empfangen: 03.06.2008, 15:02:14

Elisa

Betonkopf!

Gesendet: 03.06.2008, 15:03:03

52. KAPITEL

618 88 48 25

Ich habe noch mal über unser Gespräch von neulich Nacht nachgedacht …

Empfangen: 05. 06. 2008, 21:17:34

Elisa

Und?

Gesendet: 05. 06. 2008, 21:19:28

618 88 48 25

Vielleicht habe ich ja wirklich zu hohe Erwartungen. Ich weiß, dass du alles für mich gibst, deine Zeit und alles, was dir möglich ist, und trotzdem will ich immer noch mehr. Keine Ahnung, warum ich so unersättlich bin.

Empfangen: 05. 06. 2008, 21:24:49

Elisa

Es gibt mit Sicherheit einen Haufen Leute, die ihre Gefühle besser zeigen können als ich, aber ich schwöre dir, dass ich dir alles gebe, was ich zu geben habe.

Gesendet: 05. 06. 2008, 21:28:02

618 88 48 25

Ja, aber falls dir wieder irgendein Unbekannter SMS schreibt, die die Schmetterlinge in deinem Bauch zum Toben bringen, verlässt du mich dann?

Empfangen: 05. 06. 2008, 21:29:57

Elisa

Liebster, das warst doch du. Da warst immer nur du.

Gesendet: 05. 06. 2008, 21:31:09

618 88 48 25

Vielleicht geht es ja im Leben genau darum. Wie bei einem Spiel, bei dem wir rausfinden sollen, was Liebe ist und was nicht.

Empfangen: 05. 06. 2008, 21:34:23

Elisa

Komm nach Hause, Santi … Ich verspreche dir, dass wir so lange weiterspielen, bis wir es für uns herausgefunden haben.

Gesendet: 05. 06. 2008, 21:35:59

618 88 48 25

Und was dann?

Empfangen: 05. 06. 2008, 21:37:38

Elisa

Dann feiern wir unsere Liebe, als gäbe es kein Morgen. Oder falls wir das Gegenteil herausfinden, begießen wir das Ende unserer Beziehung mit einer Riesenladung Mojitos im Cutre.

Gesendet: 05. 06. 2008, 21:42:50

618 88 48 25

Ich bin in dreißig Min. da.

Empfangen: 05. 06. 2008, 21:47:41

Elisa

☺ ☺ ☺ !!!!!!!

Gesendet: 05. 06. 2008, 21:49:01

53. KAPITEL

Elisa

Danke für den Orangensaft heute Morgen …

Gesendet: 06. 06. 2008, 13:35:59

618 88 48 25

☺ Ich hab gerade bei der Finca angerufen und ihnen gesagt, dass wir gegen neun in La Coruña ankommen. Soll ich dich um drei abholen?

Empfangen: 06. 06. 2008, 13:37:49

Elisa

Ich freu mich so auf das Wochenende!!! Aber lass uns lieber um Viertel nach drei von zu Hause losfahren, ich muss noch was einpacken, und außerdem hab ich mein Handy-Ladekabel vergessen.
Übrigens, kontrollier unbedingt noch den Ölstand, gestern hat die Warnanzeige aufgeleuchtet. ☺
Kuss.

Gesendet: 06. 06. 2008, 13:42:49

***

618 88 48 25

Schatz, gerade haben wir an der Tankstelle gehalten. Ich sitze im Auto und sehe dich an der Kasse stehen. Du lächelst den Tankwart an und kräuselst dabei die Nase, so, wie du es immer tust, und du siehst zauberhaft aus.
Du hast recht, wenn wir unterwegs sind, sehe ich dich mit ganz anderen Augen. Ich weiß, ab Sonntagabend beginnt für uns wieder der Alltag – zurück aufs Sofa, zur Einbauküche und zum wöchentlichen Kinoabend im Renoir –, aber ich weiß auch, dass wir es gemeinsam schaffen können, die Routine zu durchbrechen …
Ich werde mich für dich verkleiden, als Cowboy, als Butler oder als Napoleon, nur um dich vor dem Einschlafen noch einmal lächeln zu sehen. Ich mache dir wieder frisch gepressten Orangensaft, aber nur manchmal, sonst gewöhnst du dich am Ende noch zu sehr daran.
Ich kann alles für dich sein – der Unbekannte, der Sensible, der Macho. In tausend Männer kann ich mich verwandeln, und dann, eines Tages, wirst du herausfinden, welcher davon der Mensch deines Lebens ist.
Ein Kuss an deinen Kuss!

Empfangen: 06. 06. 2008, 18:16:59

Was? Nach dieser SMS soll alles zu Ende gewesen sein, an einem Freitagabend auf der A6 bei Kilometer 456?

Seufzend richtete ich mich im Bürostuhl auf und streckte mich. Erschöpft und durcheinander starrte ich auf die ausgedruckten Seiten. Es war halb sechs Uhr morgens, und meine Gedanken kreisten darum, wie absurd das alles war. Monatelang hatten Elisa und Santi so viel Energie in ihre Beziehung gesteckt, und dann war alles schlagartig vorbei, wegen der einen unaufmerksamen Sekunde, in der eine Zigarette angezündet oder der Radiosender gewechselt worden war. Solche Todesfälle gehörten zu meinem Alltag, aber dieser war anders – weil ich das Gefühl hatte, die Opfer zu kennen, als wären sie Freunde. Ich konnte es nicht fassen, dass sie einfach so gestorben sein sollten, ausgerechnet an diesem Abend, gerade, als sie im Begriff waren, ihre Schwierigkeiten in den Griff zu kriegen. Es dauerte noch eine Weile, bis ich mich durchringen konnte, ins reale Leben und zu den Jungs zurückzukehren. Ich fürchtete, dass sie mir meine Traurigkeit ansehen würden, ich fühlte mich leer und wütend zugleich. Schließlich trat ich aus der Kammer und legte das Handy zurück in den Zip-Beutel und samt Unfallprotokoll auf meinen Schreibtisch, ohne dass meine Kollegen etwas bemerkten.

«Alles klar bei euch, Jungs?»

«Alles bestens. Wie lief's denn mit der alten Schrottkiste?», fragte Pepe.

«Tja, das Programm ist ständig abgestürzt, zwei Stunden lang habe ich versucht, es wieder zum Laufen zu bringen, aber da war nichts zu machen. Ich bin so gut wie gar nicht vorangekommen.»

«So ein Scheiß!», erwiderte Álvaro, während er einen Schokoriegel aus dem Snack-Automaten zog. «Wollt ihr auch einen?»

«Ich nicht, danke. Sagt mal, würde es euch etwas ausmachen, wenn ich heute ein bisschen früher Schluss mache? Ich will noch bei meiner Mutter vorbeischauen, sie fühlt sich nicht so gut.»

«Kein Problem, geh du nur, wir kommen hier schon zurecht. Grüß deine Mutter und sag ihr, dass mein Sohn immer noch von ihren Butterkringeln schwärmt. Nicht, dass sie denkt, ich hätte die alle allein verputzt!»

«Danke, Jungs! Ihr habt was gut bei mir.»

Als ich über den verlassenen Parkplatz auf mein Auto zuging, dämmerte es bereits. Es regnete, wie es nur in Galizien regnet, heftig und ausdauernd. Im Wagen betrachtete ich mein Gesicht im Rückspiegel: die Augen gerötet und von dunklen Schatten umgeben. Schrecklich sah ich aus.

Ich atmete ein paar Mal tief ein und aus und spürte, wie ich ruhiger wurde. In meiner Handtasche lagen die Ausdrucke der SMS, sicher in einer blauen Aktenmappe verstaut. Ich würde sie aufbewahren und in Ehren halten und so zum Schutzengel dieser Liebesgeschichte werden. Vielleicht sollte ich auf die Beerdigung von Santi und Elisa gehen, Blumen auf ihren Gräbern ablegen, ein paar Worte an sie richten:

Hallo, ich kenne eure Geschichte. Santi, Elisa war bis über beide Ohren in dich verliebt, auch wenn sie sich das selbst nicht eingestehen konnte …

Das Klingeln des Handys riss mich aus meinen Gedanken. Meine Mutter. Sie war heute schon früh auf den Beinen und rief an, um mich an den Geburtstag meiner Tante zu erinnern. Das Telefonat brachte mich endgültig auf den Boden der Tatsachen zurück. Nein, ich würde ihnen keine Blumen bringen, ich würde auch nicht zu ihrer Beerdigung gehen, nichts dergleichen. Meine Güte, was für ein absurder Gedanke! Ich würde die Ausdrucke zu Hause in die Schreibtischschublade legen und keiner Menschenseele je davon erzählen, von diesem schwachen Moment, in dem ich mich hatte fallen lassen wie die Heldin aus einem schnulzigen Liebesroman; ein kurzer Moment, der mich verleitet hatte, in die Privatsphäre zweier verstorbener Menschen einzudringen und intime Nachrichten zu lesen, die nicht für meine Augen bestimmt waren.

Zeit, nach Hause zu fahren. Bevor ich den Wagen startete, schickte ich eine SMS an meinen Freund.

Alex
Hey, was treibst du?

Ramón
Schlafen.

Alex
Kein Kuss für mich?

Ramón
Kuss.

Ramón antwortete nicht mehr. Schon in dem Moment, als ich auf «senden» gedrückt hatte, war mir das klar gewesen. Selbstverständlich reagierte er auf eine solche Nachricht nicht. Ramón hatte viele Qualitäten: Romantische SMS gehörten nicht dazu.

Durch den Regen fuhr ich nach Hause, begleitet vom emsigen Hin und Her der Scheibenwischer. Und wenn auch ich gerade dabei wäre, eine große Liebesgeschichte zu verpassen? Jemanden, der meine Welt ins Wanken, der mich zum Träumen bringen könnte?

Nein, wir waren nicht wie sie. Ramón und ich liebten unsere Alltagsroutine. Eine Beziehung wie eine Achterbahnfahrt würde mich vollkommen überfordern. Ich fand den Gedanken schrecklich, mit jemandem zusammen zu sein, der die Macht hätte, dieses ständige Wechselbad der Gefühle in mir auszulösen. Eine Beziehung, die auf stabilen Füßen steht, ist ein Zeichen von Reife und genau das, was sich alle Menschen wünschen, oder?, dachte ich, als ich das Auto vor unserem Haus parkte.

Ich legte mich zu Ramón ins Bett und gab ihm einen Kuss, und als er mich schlaftrunken umarmte, war ich mir ganz sicher, dass mir nichts Böses würde widerfahren können, solange er an meiner Seite war.

Doch so müde ich auch war, es dauerte noch lange, bis ich endlich einschlief.

Am nächsten Tag war ich genauso neben der Spur wie in der Nacht zuvor. Noch bevor der Wecker klingelte, stand ich auf, schlang das Frühstück herunter, trank hastig einen Kaffee und fuhr früher als nötig aufs Präsidium, um meine Spätschicht anzutreten.

Als ich vor meinem Schreibtisch stand, fiel mein Blick sofort auf den Zip-Beutel, den ich gestern dort abgelegt hatte, und ich erstarrte. Das Handy war verschwunden.

Augenblicklich machte ich kehrt und lief zu Pepe.

«Sag mal, das Handy, das auf meinem Schreibtisch lag, du weißt schon, der Autounfall auf der A6, hast du es irgendwo gesehen?»

«Hm, ja, die sind heute Morgen vorbeigekommen, um es abzuholen», murmelte Pepe, während er in seiner Schublade nach etwas kramte.

«Wie bitte? Wer hat das Handy denn abgeholt?»

«Ach, so ein Pärchen.»

«Ein Pärchen? Wer denn? Angehörige? Oder Freunde?»

«Nein, nein, es waren die Besitzer des Handys. Mann, ich weiß wirklich nicht, wer in diesem Laden ständig die Feuerzeuge klaut, ich könnte auch hundert Stück in der Schublade haben, sie würden trotzdem alle verschwinden.»

«Was soll das heißen, die Besitzer, Pepe?»

«Na ja, die Eigentümerin des Handys mit ihrem Ehemann, die Leute, die in den Autounfall verwickelt waren. Sie saßen in dem Auto, das gegen den Unfallwagen geprallt ist, das Handy gehört der jungen Frau.»

«Aber das Handy wurde bei uns doch als Besitzstück der Verstorbenen verzeichnet.»

«Ja, wahrscheinlich ist es bei dem Zusammenprall aus dem Autofenster geflogen und neben dem Unfallwagen gelandet, daher die Verwechslung. In jedem

Fall gehört es der Frau, ich habe ihre Daten aufgenommen, das stimmte alles. Ah, hier ist eins.» Triumphierend hielt er ein knallrotes Feuerzeug in die Luft. «*Freunde der städtischen Tanzkapelle von Sarria*, das kann ja nur von Álvaro sein. Sieht aus, als wäre es tausend Jahre alt. Und es funktioniert auch nicht mehr, so ein Mist.»

Nun war es mir ganz egal, ob ich neugierig oder hysterisch wirkte, ich gab mir keine Mühe mehr, meine Gefühle zu verbergen. Die Welt war für mich wieder in Ordnung, jetzt, da ich wusste, dass es mit Santi und Elisa nicht einfach so zu Ende gegangen war, dass ihre Geschichte weitergeschrieben wurde.

«Und was haben sie auf dich für einen Eindruck gemacht?»

«Sie wirkten in Ordnung, beide hatten nur leichte Verletzungen. Eine Halskrause, und damit ist die Sache gegessen.»

«Und wie waren sie so als Paar?»

«Was? Weiß nicht, normal. Kennst du sie?»

«Nein, äh, aber die Bekannte einer Freundin.»

«Ah, das hier funktioniert. Ich geh mal eine rauchen.»

«Ich begleite dich.»

«Zum Rauchen? Was ist denn los mit dir, du benimmst dich heute wirklich seltsam.»

«Sind sie gleich heute Morgen gekommen? Und wie sahen sie aus?»

«Mann, Alex, was weiß ich, ein ganz normales Paar eben.»

Das war schwer vorstellbar. Wenn er wüsste … Was hätte ich darum gegeben, hier gewesen zu sein, als sie das Handy abholten, ihre Gesichter zu sehen,

mit ihnen zu sprechen.

«Hast du eine Zigarette für mich, Pepe?»

«Aber du rauchst doch gar nicht!»

«Stimmt, aber heute habe ich Lust drauf. Na ja, oder vielleicht lieber doch nicht. Es ist so ein schöner Tag, findest du nicht?»

«Was ich finde, ist, dass du heute ziemlich durch den Wind bist. Du wirst dich doch nicht verliebt haben? Am Ende hast du dir hier im Präsidium einen Liebhaber angelacht, mit dem du Ramón betrügst?»

«Sehr witzig. Pepe, so sensibel, wie du bist, hättest du lieber Friseur werden sollen oder Schriftsteller. Das würde vielleicht besser zu dir passen. Also, ich geh mal wieder rein. Wir sehen uns später.»

Als ich an meinen Schreibtisch zurückkehrte, hatte ich noch immer ein Lächeln auf den Lippen. Ich musste an eine der SMS denken, die Elisa ihrem Fremden geschrieben hatte. Die, in der sie sagt, dass man sich nach einem Menschen sehnen kann, den man nicht kennt und den man nie gesehen hat. Und diese Euphorie, die sie beschrieb, hatte sich auf mich übertragen. Es fühlte sich wunderbar an, und mir wurde klar, wie glücklich ich mich schätzen konnte, dass ich Zeuge ihrer Geschichte geworden war; dieser Geschichte, die mein Herz so sehr in Aufruhr versetzt hatte.

Im Prinzip hatte Pepe recht. Sie waren nur ein ganz normales Paar.

Ihre Geschichte war nur die einer ganz gewöhnlichen Liebe, genauso einzigartig, wie es jede Liebe ist.